Für Franziska

Weihnachten 2008

v. Opa Bodo und
Oma Anne

Patricia Schröder, 1960 geboren, lebt mit Mann und zwei Kindern und einer Handvoll Tieren an der Nordsee. Sie hat Produktdesign studiert und arbeitet seit einigen Jahren als freie Autorin. Zuerst schrieb sie satirische Beiträge für den Funk, später Texte für Anthologien. Inzwischen hat sie zahlreiche Kinder- und Jugendromane veröffentlicht. Ihre Adresse im Internet: www.patricia-schroeder.de

In der Fischer Schatzinsel sind von Patricia Schröder schon ›Drei freche Sardinen‹ (gebunden), ›Drei freche Sardinen – Liebe macht blöd‹ (gebunden), ›Drei freche Sardinen – Herzklopfen in Öl‹ (gebunden), ›Drei freche Sardinen – Konfettiküsse extra süß‹ (gebunden), ›Gyde und die Flut‹ (gebunden), ›Liebe lieber nicht‹ (gebunden), ›Sommerferien, Sommerküsse‹ (gebunden), ›Yella, Rachefee, verliebt‹ (gebunden) und die Taschenbücher ›Der hundsgemeine Hasenklau‹ (Bd. 80428) und ›Timo setzt sich durch‹ (Bd. 80429) sowie in der Reihe generation die Romane ›Scheiß Glatze, ich lieb dich‹ (Bd. 80417), ›Zwischen Hölle und Himmel‹ (Bd. 80495), ›Sommerlieben‹ (Bd. 80552) und ›Freundschaftsspiele‹ (Bd. 80667) erschienen. Weitere Titel sind in Vorbereitung.

Annabelle von Sperber, geboren 1973, studierte an der Fachhochschule für Gestaltung in Hamburg. Seit 2000 arbeitet sie sehr erfolgreich als freie Illustratorin für verschiedene Verlage und Zeitschriften.
Sie lebt mit ihrer Familie in Berlin. Weitere Informationen über Annabelle von Sperber gibt es im Internet: www.illustrator24.de

Drei freche Sardinen *Freundschaft süßsauer*. Sarah, Dina und Nelly sind richtig dicke Freundinnen. Sie leben auf dem Internat *Sardinenburg* und gehen zusammen in eine Klasse. Nach den großen Ferien kommt eine Neue auf die *Sardinenburg*: Sonia. Sonia ist nicht nur klug, sondern sieht auch noch gut aus und stiehlt Nelly total die Show. Nelly kann das überhaupt nicht ertragen und ist richtig fies zu Sonia. Als Sarah und Dina schließlich Sonia vor Nelly in Schutz nehmen, bringt das das Fass zum Überlaufen. Wutentbrannt zieht Nelly in ein anderes Zimmer und würdigt von da an ihre Freundinnen keines Blickes mehr. Sarah und Dina sind verzweifelt. Ob ihre Freundschaft noch zu retten ist.

Patricia Schröder

Drei freche Sardinen

Freundschaft süßsauer

Mit Vignetten von
Annabelle von Sperber

Fischer Schatzinsel

Fischer Schatzinsel
www.fischerschatzinsel.de

2. Auflage: April 2007
Veröffentlicht im Fischer Taschenbuch Verlag,
einem Unternehmen der S. Fischer Verlag GmbH,
Frankfurt am Main, September 2005

Lektorat: Ilona Einwohlt
Umschlagillustration: Annabelle von Sperber
Umschlaggestaltung: Buchholz/Hinsch/Hensinger
Satz: Pinkuin Satz und Datentechnik, Berlin
Druck und Bindung: Clausen & Bosse, Leck
Printed in Germany
ISBN 978-3-596-85143-0

Nach den Regeln der neuen Rechtschreibung

Inhalt

Ferienende

Sarah saß mit zurückgelehntem Kopf auf dem Fensterplatz, den Oma für sie reserviert hatte, und blickte in die Landschaft. Das Wetter an diesem Augusttag war wundervoll. Nur ein paar winzige weiße Wölkchen standen am Himmel.

Gegen halb vier Uhr am Nachmittag würde sie in der *Sardinenburg* ankommen. Vielleicht waren ihre Freundinnen Dina und Nelly dann auch schon da! Sarah holte einmal tief Luft. Der Abschied von zu Hause war ihr schwerer gefallen als damals nach den Osterferien. Oma ging es mittlerweile wieder richtig gut. Sie hatte ihre Hüftoperation bestens überstanden. Alles war verheilt, und nun flitzte sie durch die Gegend wie ein junges Huhn und war beim Bodenschrubben bereits schneller als ihre putzwütige Haushaltshilfe.

»Eigentlich könntest du wieder auf deine alte Schule zurück«, hatte sie irgendwann mitten in den Sommerferien gesagt und Sarah damit ganz schön ins Schwitzen gebracht.

Auf ihre alte Schule – das hätte bedeutet, dass sie wieder mit ihrer alten Clique zusammen gewesen wäre, dass sie sich nicht mehr mit Heimwehgefühlen herumschlagen musste und dass sie jeden Tag Omas köstliches Essen serviert bekam.

Aber wer weiß, ob sie Nelly und Dina dann jemals wiedergesehen hätte! Die beiden waren ihr im letzten Schuljahr total ans Herz gewachsen.

Sarah, Dina und Nelly, oder *die Sardinen*, wie sie von ihren Klassenkameraden scherzhaft genannt wurden, teilten ein Zimmer miteinander, und obwohl es anfangs viel Zoff gegeben hatte und die drei völlig verschieden waren, verstanden sie sich inzwischen supergut.

»Hallo du«, wurde sie plötzlich aus ihren Gedanken gerissen. »Du träumst ja fröhlich vor dich hin.«

Sarah zuckte zusammen. Die Stimme kannte sie doch!

Verwundert drehte sie ihren Kopf nach oben. Und tatsächlich – es war Alex. Alex aus der zukünftigen 9b, der ebenfalls in der *Sardinenburg* wohnte und Sarah im letzten Halbjahr Nachhilfeunterricht gegeben hatte.

»Was machst du denn hier im Zug?«, fragte sie erstaunt und ärgerte sich gleich über ihre dämliche Frage.

Nach der Geschichte mit Amy Too sollte er sie eigentlich nicht mehr irritieren, aber nun bekam sie immer noch Herzrasen und einen Glühkopf in seiner Gegenwart. Zu blöd aber auch! Sarah wusste gar nicht, wo sie hingucken sollte, und machte sich hektisch an ihrer Proviantdose zu schaffen, die sie in das Netz an der Rückenlehne des Vordersitzes gesteckt hatte.

Zum Glück schien Alex nichts von ihrer Verlegenheit zu merken.

»Ich war auch ein paar Tage zu Hause«, erklärte er und deutete auf den leeren Platz neben ihr. »Ist der vielleicht frei? Dann könnte ich mich ein bisschen zu dir setzen.«

»Klar«, sagte Sarah, ohne ihn anzusehen.

Alex ließ sich in den Sitz fallen und legte seine Arme auf die Lehne. Dabei berührte sein Ellenbogen ihren. Es war wie ein Stromschlag. Sarah wurde ganz steif. Sie spürte ihren Puls im Hals und in den Schläfen und ihre Finger fingen an zu schwitzen. Angestrengt starrte sie auf ihre Dose.

»Alles in Ordnung?«, fragte Alex und beugte sich etwas nach vorne, um in Sarahs Gesicht schauen zu können.

»Ja, ja«, stammelte sie. »'tschuldigung, aber ich hab manchmal plötzlich einen so schrecklichen Hunger, dass ich umfalle, wenn ich nicht sofort was esse.«

Diese Beschreibung traf zwar eher auf Dina zu, die sich sogar nachts aus den Vorräten der *Sardinenburg* bediente, aber im Augenblick fiel Sarah einfach nichts

Originelleres ein. Und damit Alex nicht weiter versuchte sie anzugucken, fing sie nun sogar von sich aus von Amy Too an. Und das war genau richtig. Denn nun lehnte er sich endlich wieder in seinen Sitz zurück und schaute selig vor sich hin.

»Ich hoffe wirklich, dass Gripsy sein Versprechen wahr macht«, murmelte Alex. »Ich hab es die Sommerferien über kaum ohne sie ausgehalten.«

»Du hast sie also gar nicht gesehen?«, fragte Sarah erstaunt.

Sie wickelte ein Mohnbrötchen mit Schmierkäse aus dem Papier und biss herzhaft hinein, und das, obwohl sich ihr Magen inzwischen wie zugeschnürt anfühlte.

»Natürlich nicht«, sagte Alex. Seine Stimme klang traurig und aufgeregt zugleich. »Ich weiß nicht mal, ob sie überhaupt noch in Schwerin ist.«

Was so viel hieß wie überhaupt noch in Deutschland und nicht längst wieder in Thailand, von wo aus das dreizehnjährige Mädchen mit seinen Eltern geflüchtet war.

Da jedoch keine Gefahr für Leib und Leben bestand und die Familie nur nach Deutschland geflohen war, um ihrem Elend zu entkommen, waren sie gleich wieder in ihre Heimat abgeschoben worden. Die Eltern hatten Amy Too allerdings zurückgelassen. Dinas Freund Marvin, dessen Vater im Stadtrat saß, hatte Amy Too im Gas- und Stromzählerraum der *Sardinenburg* versteckt, wo sie sie gemeinsam wochenlang durchgefüttert hatten. Kurz vor den Sommerferien war dann alles aufgeflogen, und Direktor Gripsholm hatte die Sache selber in die Hand genommen.

»Es ist vielleicht gemein«, sagte Alex, »aber ich habe noch nie so sehr gehofft, dass jemand seine Eltern nicht wiederfindet.«

Sarah nickte und kaute unendlich lange auf ihrem ersten Bissen herum. Sie konnte Alex nur zu gut verstehen. Er hatte sich nämlich bis über beide Ohren in Amy Too verliebt und nun wünschte er sich natürlich nichts sehnlicher, als dass sie ins Internat einzog und er jeden Tag mit ihr zusammen sein konnte.

Wie Sarah das ertragen sollte, wusste sie im Augenblick noch nicht. Schließlich bekam sie allein schon bei der bloßen Vorstellung, wie er Amy Too umarmte und küsste, die absolute Krise.

»Es ist nicht gemein«, presste sie zwischen Brötchenbrei und Zähnen hervor. »Ich drück dir jedenfalls die Daumen.«

Alex schaute sie an und lächelte. Seine Augen strahlten, und in seiner rechten Backe bildete sich dieses Grübchen, das Sarah so schrecklich süß fand.

»Du bist 'ne echte Seele«, murmelte er und tätschelte ihr den Arm. »Wenn es Amy Too nicht gäbe und du vielleicht ...« Er stockte. Sarah wandte sich ab und glotzte angestrengt auf ihr angebissenes Brötchen. Das Herz hämmerte ihr bis in den Hals hinauf. Sie hatte keine Ahnung, wie sie den inzwischen schon eklig süß und klebrig gekauten Brötchenbrei herunterwürgen sollte.

Plötzlich sprang Alex auf. »Ich glaub, ich guck mal, ob ich noch welche aus meiner Klasse treffe«, presste er mühsam hervor. »Wir sehen uns dann in der *Sardinenburg.*«

Ehe Sarah etwas erwidern konnte, war er bereits den Gang hinuntergestürzt. Verwirrt und auch ein bisschen wehmütig schaute sie ihm nach, sah, wie die Glastür sich öffnete und er im nächsten Waggon verschwand.

Für eine Weile saß sie völlig apathisch da, während ihr Herz fröhlich weiterwummerte und in ihrem Kopf alles durcheinanderbrauste. Wie in Trance legte Sarah das Brötchen in die Dose zurück. Anschließend spuckte sie den Brei unauffällig in das Papier und stopfte das Ganze in den Müllbehälter. Dann schloss sie die Augen, lehnte sich zurück und versuchte an nichts anderes mehr als nur noch an Dina und Nelly zu denken.

»Mensch, was is 'n das für 'ne Begrüßung?«, platzte Dina heraus. Das war mal wieder typisch. Sie hatte noch nicht einmal ihren Kopf ganz durch die Tür, da brabbelte sie bereits los. »Wieso stehste nich vorne in der Halle und erwartest mich?«

Sarah, die gerade dabei war, ihre Schulsachen in die Schubladen des Schreibtischs einzusortieren, kam grinsend auf sie zu.

»Private Begrüßung auf dem Zimmer eben«, sagte sie, schlang der bis unter die Achseln bepackten Dina die Arme um den Hals und küsste sie fünfmal auf jede Backe.

»Meine Güte!«, stöhnte die. »Das geht wirklich nich unter Publikumsblicken.« Mit einem lauten Rummms! ließ sie sämtliche Gepäckstücke zu Boden sausen. Dann sprang sie jubelnd in die Luft. »Schön, dass wir alle wieder da sind!«

»Du vergisst Nelly«, sagte Sarah. »Die fehlt noch. Hast du eine Ahnung, wann sie kommen will?«

Dina schüttelte den Kopf. »Nee!« Sie sprang wie ein Flummi im Zimmer herum und landete schließlich der Länge nach auf ihrem Bett. »Sie hat mir zwar tausend Briefe geschrieben, in denen alles Mögliche stand, aber nich, wann sie kommt.«

»Mir auch nicht«, erwiderte Sarah. »Bloß, dass ihre Eltern sie mit dem Auto herbringen.«

»Ihre Mutter vielleicht«, sagte Dina. Sie drehte sich mit dem Kopf zum Fußende, damit sie Sarah besser angucken konnte, und stützte das Kinn in ihre Hände. »An den berühmten Dad glaub ich erst, wenn ich's mit eignen Augen seh. Echt.«

Sarah nickte. In dem Punkt ging es ihr nicht anders als ihrer Freundin. Mit dem Unterschied allerdings, dass sie grundsätzlich das Beste erhoffte, während Dina immer das Schlechteste erwartete.

Nellys Vater spielte als Sänger und Gitarrist bei den *Crazy Bones*, einer ziemlich abgefahrenen Rockband, und hatte so gut wie nie Zeit für seine Tochter. Zwar versprach er ihr immer das Blaue vom Himmel, aber eingehalten hatte er bisher nichts davon.

»Wie war's denn überhaupt so mit dir und deinem Vater?«, erkundigte Sarah sich. »So ausführlich wie Nelly hast du dich in deinen Briefen ja lange nicht ausgelassen.«

»Ich schreib eben nich gern Romane«, erwiderte

Dina. »Aber es war ganz okay mit ihm. Ich hab ihn in Ruhe gelassen und mich voll bemüht, korrekt zu reden. Und da hat er mich eben auch in Ruhe gelassen.«

Sarah runzelte die Stirn. Täuschte sie sich oder wirkte Dina trotzdem etwas niedergeschlagen? Eigentlich passte es nicht zu ihr, so schnell zufrieden zu sein. Sarah wusste genau, was die Freundin sich am meisten wünschte: Nämlich, dass ihr Vater sie so ins Herz schloss, wie sie war, und nicht ständig an ihr herumnörgelte.

Dennoch entschied Sarah, erst mal nicht weiter nachzubohren. Genau so wie Dina nicht gerne Romane schrieb, redete sie auch nicht gern über sich und ihre Gefühle. Irgendwann, wenn wirklich etwas passiert war und sie es gar nicht mehr aushielt, würde sie schon damit herausrücken.

»Willst du gar nicht mehr zu Marvin?«, fragte Sarah stattdessen.

Der Junge mit den struppigen schwarzen Haaren und den lustigen blauen Augen, der in der Stadt wohnte und dieselbe Klasse besuchte wie sie, war ein echter Lichtblick in Dinas Leben. Zwar hatte es einige Turbulenzen gegeben, bis die zwei wirklich und wahrhaftig zusammen waren, aber nun waren sie ein unschlagbar romantisches Team.

»War ich schon«, sagte Dina und grinste verlegen. »Er hat mich vom Zug abgeholt.«

Und dann hatten sie sich wahrscheinlich erst mal die Zungen platt geknutscht, dachte Sarah und grinste ebenfalls.

»Da hast du es echt besser als Nelly«, meinte sie. »Die sieht ihren Lorenzo nur in den Ferien.«

»Manchmal wär mir das fast lieber«, erwiderte Dina. »Hier in der *Sardinenburg* hab ich ja euch. Aber zu Hause fällt mir die Decke auf den Kopf.«

Wieder huschte dieser seltsame Ausdruck über ihr Gesicht. Sarah schluckte und guckte auf ihre Hände, die gerade eine kleine bunte Krimskrams-Dose öffneten.

Plötzlich wurde die Zimmertür aufgerissen und Nelly stand auf der Schwelle. Sie war braun gebrannt. Ihre blauen Augen schimmerten wie Bergseen, und ihre langen blonden Locken glänzten wie Gold. Keine Frage, sie war eine echte Schönheit. Und manchmal bildete sie sich darauf auch verdammt was ein. Trotzdem waren Sarah und Dina gerne mit ihr befreundet. Nelly hatte immer witzige Ideen und war für jeden Spaß zu haben.

»Na, du Supergirl!«, rief Dina ohne die geringste Spur von Neid in der Stimme. »Komm, lass dich abschmatzen.«

Sie sprang vom Bett herunter und drückte Nelly an sich.

»Du siehst echt toll aus«, meinte auch Sarah und verpasste Nelly einen Kuss auf beide Backen. »Wo bist du denn im Urlaub gewesen?«

»Ach, es war der pure Wahnsinn«, schwärmte Nelly und warf ihre Umhängetasche auf ihr Bett. Bevor sie ihre Freundinnen jedoch mit Details fütterte, schleppte sie ihren XXL-Supersize-Samsonite ins Zimmer und ließ ihn ächzend und schnaufend vor ihrem Klamottenspind auf den Boden fallen. »Zuerst in Florida Delfine bewundern, dann totales Abspannen auf Mauritius. Danach waren wir noch ein paar Tage zum Skilaufen in Kanada, und die letzten zwei Wochen habe ich zusammen mit Lorenzo einen absoluten Profi-Reitkursus gemacht. Das war das Beste überhaupt. Lorenzo hat sich vielleicht gemacht, sag ich euch. Das müsstet ihr mal sehen.«

Dina verzog das Gesicht. Ob Lorenzo reiten konnte oder nicht, war ihr völlig egal. Und was die vielen Urlaubsziele anging, hätte ihr Florida völlig gereicht. Ein einziges Mal einen echten Delfin in echter Freiheit erleben, das war allerdings schon ein Traum. Auf Reiten, Pferde und das ganze Schickimicki-Angebergetue drumherum konnte sie sowieso sehr gut verzichten.

Sarah fand alles toll. Und sie interessierte sich besonders für eins:

»Und dein Vater? War der die ganze Zeit mit dabei?«

Nelly öffnete ihren Samsonite und fischte ein neues supermodisches Mega-T-Shirt nach dem anderen heraus.

»In Florida und auf Mauritius«, erzählte sie. »Zum Skilaufen war ich mit Mama allein. Und in der Reitschule dann nur noch mit Lorenzo zusammen. Aber das war schon okay so«, fügte sie hastig hinzu. »Schließlich haben Eltern bei so was nichts verloren.«

Sarah und Dina warfen einander einen unauffälligen Blick zu. Beide wussten, dass Nelly sich dennoch von ihrem Vater vernachlässigt gefühlt hatte. Reichtum und coole Urlaubsorte waren eben nicht alles. Im Gegenteil. So wie Sarah Nelly kannte, war sie sich ziemlich sicher, dass die Freundin sich damit wieder mal nur abgespeist fühlte. Aber dann kam die große Überraschung.

»Wisst ihr was?«, sagte Nelly plötzlich.

Sie schaute zwischen Sarah und Dina hin und her und ihre Augen funkelten auf einmal wie Wunderkerzenfunken sprühende Christbaumsterne. Und das mitten im Sommer!

»Nee«, meinte Dina. »Was denn?«

»Er kommt«, sagte Nelly. »Zum Sardinenburgoktoberfest.« Sie schleuderte die Arme in die Luft und führte einen Freudentanz auf: »Und dann gibt er endlich das versprochene Extrakonzert für uns.«

Anstatt in Nellys Jubel einzustimmen, dachte Sarah nur: Und wenn nicht? Was, wenn er sein Versprechen wieder nicht einhält?

Genau wie Dina stand sie da und starrte Nelly wortlos an. Doch die kümmerte sich gar nicht darum, sondern warf ihre neuen T-Shirts im Zimmer herum.

»Sucht euch was aus. Ich kann die sowieso nicht alle anziehen.« Wie ein aufgedrehtes Clown-Männchen hüpfte sie zwischen ihren Freundinnen herum. »Ich will, dass wir die Hübschesten der ganzen *Sardinenburg* sind. Zehnmal schöner als die *Drillies* und alle anderen. Mein Vater soll stolz auf mich sein, wenn er kommt.«

Die erste Nacht war wie immer die kürzeste und unruhigste. Die Betten fühlten sich neu und ungewohnt an und außerdem gab es tausend Dinge zu erzählen.

Nachdem Nelly noch ewig von ihrem Vater und dem Oktoberfest geschwärmt hatte, quetschten sie aus Dina alles heraus, was es von ihr und Marvin zu erzählen gab: Wie sehr sie einander vermisst hatten, wie oft und wie intensiv sie sich küssten und worüber sie sich unterhielten.

»Ach, über alles Mögliche«, erzählte Dina. »Mit Marvin kann man über jedes Thema reden. Echt.«

»Mit Lorenzo nicht«, meinte Nelly. Aber das fand sie auch gar nicht wichtig. »Unser Hauptthema sind Pferde. Er kennt sich da mittlerweile echt aus. Hat jede Menge Bücher gelesen und so, und die Mädchen kleben an ihm wie Hufteer.«

»Wie?«, sagte Dina erstaunt. »Und das lässt du dir einfach so gefallen?«

»Warum denn nicht?«, erwiderte Nelly. »Es ist doch super, wenn man einen Freund hat, den andere auch toll finden. Und solange er nicht mit ihnen rummacht ...«

»Bist du dir da denn sicher?«, fragte Sarah zögernd.

Eigentlich hätte sie am liebsten ihre Klappe gehalten. Aber tatenlos dabei zusehen, wie Nelly wie ein Blindfisch durch die Gegend tappte, konnte sie auch wieder nicht.

»Klar, bin ich das!« Nelly richtete sich in ihrem Bett auf und schaute zu Sarah hinüber. Ihre hellen Augen funkelten im Mondlicht. »Was soll denn das jetzt wieder? Du kennst Lorenzo doch überhaupt nicht.«

»Ein bisschen schon«, sagte Sarah.

Aber zugegebenermaßen nicht gut genug, um sich ein Urteil darüber erlauben zu können, ob er nun ein Weiberheld war oder nicht.

»Andere Mädchen interessieren ihn nicht«, erwiderte Nelly trotzig und ließ sich wieder in ihr Kissen zurückfallen. »Er mag nur mich. Immerhin war es Liebe auf den ersten Blick. Das ist etwas total Magisches, sag ich euch.«

Sarah seufzte leise. Mit Alex war es ihr da ganz ähnlich gegangen. Mit dem Unterschied, dass der sich leider in Amy Too verknallt hatte.

Bestimmt war es nicht angesagt, noch weiter über Lorenzos Treue zu spekulieren, und so erzählte Sarah, dass sie Alex im Zug getroffen hatte und worüber die beiden sich unterhalten hatten. Sie verschwieg allerdings, was er ihr ganz zum Schluss gesagt hatte. Denn sie wollte nicht, dass Dina und Nelly ihr Hoffnung machten. Es war ja so schon schwierig genug, ihren Verstand einigermaßen beisammenzuhalten.

»Ganz schön spannend«, meinte Dina. Sie verschränkte die Hände unter ihrem Kopf und starrte zur Decke. »Ob Amy Too tatsächlich hier in der *Sardinenburg* eingezogen ist, wissen wir hoffentlich morgen.«

Doch das, was sie am nächsten Morgen zuallererst unter ihre müden Augen bekamen, waren Theresa, Dörte und Chantal, die nun in die achte Klasse aufgerückt waren. Kichernd bevölkerten sie die Hälfte des Waschraumes, schmierten sich pfundweise Lidschatten, Wimperntusche und Gloss ins Gesicht und halfen sich gegenseitig dabei, ihren Haaren mittels Gel, Toupierstrichen und Haarlack ein möglichst wildes Outfit zu verleihen. Wegen ihrer Macke, ausschließlich im Dreierpack aufzutreten und sich zudem bis auf den Nagellack immer völlig gleich aufzustylen, wurden sie in der *Sardinenburg* von allen die *Drillies* genannt.

Dinas, Sarahs und Nellys Laune sank meistens schon gegen null, wenn sie die drei nur zu Gesicht bekamen. Was Dörte, Chantal und Theresa an diesem Morgen absonderten, war allerdings der Gipfel aller Unverschämtheiten.

»Marvin kann man doch vergessen«, sagte Chantal abfällig. »Der ist zwar lieb und nett, aber eben leider ein Schisser.«

Dörte und Theresa, die genau wie Chantal und ein ganzer Haufen weiterer Mädchen aus der Unterstufe Marvin im letzten Schuljahr wie die Geisteskranken hinterhergeschmachtet hatten, bekamen eine nicht enden wollende Kicherattacke.

»Wie lustig«, sagte Nelly, und Dina, die den Mund gerade voll Zahnpastaschaum hatte, brummte: »Ihr habt ja keine Ahnung.«

»Aber du, was?«, schnappte Theresa. Sie wackelte auf Dina zu, platzierte ihre Hände mit affektiertem Schwung auf ihren Hüften und guckte von oben auf sie herab. »Hat er dich denn etwa schon mal so richtig?«

Dörte und Chantal kicherten noch blöder.

Nelly bepfefferte sie mit einem finsteren Blick und stellte sich schützend zwischen Dina und Theresa.

»Was meinst du denn damit?«

Auch Sarah legte ihren Waschlappen auf den Beckenrand, griff nach ihrem Handtuch und stellte sich zu ihren Freundinnen. Wenn die *Drillies* so weitermachten, würde Dina garantiert ausrasten. Und dann konnte niemand für nichts garantieren.

»Na, was wohl!«, meinte Theresa hochmütig. »So richtig Sex eben.«

Nelly fing an zu lachen. »Du hast doch 'n Riss in der Platte«, sagte sie. »Es gibt ja wohl auch noch anderes.«

»Ach ja?«, mischte Chantal sich ein. »Was denn zum Beispiel?«

»Sich unterhalten«, sagte Sarah.

»Sich unterhalten?«, wiederholte Theresa. »Habt ihr das gehört?« Sie blickte Dörte und Chantal kopfschüttelnd an und wandte sich dann wieder Sarah, Dina und Nelly zu. »Wie aufregend, kann ich da nur sagen!«

»Du willst ja wohl nicht behaupten, dass du schon richtigen Sex mit einem Jungen hattest?«, sagte Nelly.

»Klar, will ich das«, sagte Theresa.

»Behaupten kann man viel«, blubberte Dina. Ein dicker Klecks weißer Zahnpasta quoll aus ihrem Mund und landete im Waschbecken. »Das heißt noch lange nich, dass es auch stimmt.«

»Du musst es ja wissen«, schnappte Theresa. Sie kreuzte die Arme über der Brust und fixierte Dina mit zusammengekniffenen Augen. »Marvin hätte es mit mir viel besser haben können, aber er knutscht offenbar lieber mit einem Baby.«

Dina pfefferte ihre Zahnbürste ins Waschbecken und wirbelte herum. »Halt bloß deine blöde Klappe!«, presste sie hervor.

Eine feine Schaumfontäne rieselte auf Theresa zu und verzierte ihr Gesicht und ihr T-Shirt mit winzigen weißen Punkten.

Sarah und Nelly prusteten los.

Theresa lief puterrot an. »Worauf wartet ihr noch?«, zischte sie ihren Freundinnen zu. »Haare waschen ist angesagt.«

Sie drehte den Kaltwasserhahn ihres Beckens auf volle Pulle. Chantal und Dörte packten Dina an den Armen und zerrten sie herüber.

»Seid ihr bescheuert?«, brüllte Nelly. »Hört sofort auf damit!«

Doch die *Drillies* kannten kein Erbarmen. Mit ganzer Kraft drückten sie Dinas Kopf in Richtung Wasserhahn. Dina fing an zu schreien. Sarah und Nelly stürzten sich auf Dörte und Chantal und hämmerten mit ihren Fäusten auf sie ein.

Der Tumult, den sie veranstalteten, hallte bis in den Gang hinaus und blieb auch der Vorsteherin des Mädchenflügels nicht verborgen. Plötzlich stand Rabea in der Tür und donnerte: »Was ist hier los?«

Sarah und Nelly sprangen zurück, und Dina, die sich noch immer mit Händen und Füßen wehrte, riss sich nun los und schrie: »Die wollen mich …!« Dann brach sie ab.

Natürlich hatte sie eine Irrsinnswut im Bauch. Trotzdem war ihr die Sache auf einmal zu blöd. Rabea konnte ihretwegen dreimal die Aufgabe haben, für Ordnung zu sorgen, aber das hier war ihre eigene höchstpersönliche Angelegenheit.

»Es ist alles in Ordnung«, brummte sie, ging zu ihrem Becken zurück und spülte sich den Mund aus.

»Aber sie hat mich voll bespuckt«, jaulte Theresa und machte ein Gesicht, als ob man ihr die Ohren abgerissen hätte.

Rabea schüttelte den Kopf. »Ihr seid vielleicht kindisch«, sagte sie. »Aber wie auch immer, in fünf Minuten seid ihr im Speisesaal. Ist das klar?«

»Aye, aye, Sir«, murmelte Dina.

Rabea kam auf sie zu. »Was hast du gesagt?«

»Nichts«, erwiderte Dina. »Es ist alles okay.«

»Das will ich hoffen«, sagte Rabea. Sie ging zur Tür zurück und warf den Mädchen noch einen mahnenden Blick zu, ehe sie wieder verschwand.

»Das wirst du mir büßen!«, zischte Theresa.

Mit angewidertem Gesichtsausdruck zerrte sie sich ihr T-Shirt vom Leib und schippte sich anschließend literweise Wasser ins Gesicht.

»Was willst du denn machen?«, erwiderte Dina kühl. »Mir Marvin ausspannen?« Sie grinste abfällig. »Das kannste vergessen. Echt. Marvin steht nich auf so aufgebrezelte Püppchen wie dich.«

»Jetzt halt mal die Luft an, ja!«, mischte Chantal sich ein. »Theresa kann jeden haben. Kapiert?«

»Du spinnst doch«, erwiderte Nelly.

Chantals Augen verengten sich. »Jede von uns kann haben, wen sie will. Wetten?«

»Wetten nicht!«, sagte Nelly.

Sarah verdrehte die Augen. Wie konnte Nelly sich bloß auf so etwas einlassen!

»Jetzt lass sie doch reden«, sagte sie eindringlich.

Aber die Kacke dampfte bereits.

Chantal warf ihren Kopf in den Nacken. »Und um was?«, wollte sie wissen.

»Was weiß ich«, sagte Nelly.

Sie hätte da so einiges in den Raum schmeißen können. Einen Auftritt mit ihrem Vater auf der Bühne zum Beispiel. Oder ein paar Musik-CDs. Aber da konnten die *Drillies* ja nicht gegenhalten.

Nelly überlegte fieberhaft, doch Dörte kam ihr zuvor.

»Wer verliert, muss den hässlichsten Typen der Schule küssen.«

»Du bist ja nich ganz dicht!«, platzte Dina heraus. »Ich küss doch keinen andern als Marvin. Auch nich aus Spaß.«

»Musst du ja auch nicht«, sagte Nelly mutig. »Schließlich ist es meine Wette.«

Die Neue

»Du bist verrückt«, murmelte Sarah immer wieder.

Natürlich wollte sie Nelly davon überzeugen, dass es besser war, von der Wette zurückzutreten.

»Wer bin ich denn?«, erwiderte sie. »Doch keine Heulsuse.« Nelly blieb hart.

»Was hat das denn damit zu tun?«, erwiderte Sarah, während sie die *Sardinenburg* verließen und auf das moderne Schulgebäude gegenüber zuliefen. »Die sind imstande und erzählen das Lorenzo.«

»Das ist doch Blödsinn«, sagte Nelly. »Erstens ist Lorenzo nicht hier, zweitens kennen sie ihn überhaupt nicht, und drittens denke ich im Traum nicht daran, die Wette zu verlieren.«

»Darauf haste doch gar keinen Einfluss«, meinte Dina.

»Und wie ich den habe.« Über Nellys Mundwinkel huschte ein hämisches Lächeln. »Immerhin darf ich bestimmen, welche Typen sie sich angeln müssen.«

»Nicht ganz«, entgegnete Sarah und schlüpfte als Erste in die Pausenhalle. »Die Jungs aus der Oberstufe zählen schließlich nicht mit.«

»Das wär ja wohl auch ein bisschen unfair«, meinte Nelly. »Für die Großen sind die *Drillies* doch noch Babys.«

»Find ich nich«, sagte Dina. »Wenn die schon echt Sex haben.«

»Ach, das glaubst du doch wohl selber nicht.« Nelly winkte ab. »Das ist doch die reinste Angeberei.«

Gerade deswegen war diese dumme Wette ja auch so idiotisch, fand Sarah. Doch sie schwieg. Wenn Nelly sich etwas in den Kopf gesetzt hatte, musste man schon Himmel und Hölle in Bewegung setzen, um sie davon abzubringen. In dieser Hinsicht waren sie und Dina sich unglaublich ähnlich.

»Hast du dir denn schon überlegt, welche Jungs sie sich an Land ziehen müssen?«, fragte sie stattdessen.

»Nur so ungefähr«, antwortete Nelly. »Erst mal schau ich mich in der großen Pause ganz genau um.«

Mehr wollte sie nicht sagen und das war auch gar nicht mehr möglich. Denn sie saßen noch nicht ganz auf ihren Plätzen, da betraten Direktor Gripsholm, Frau Schnippzig und ein fremdes Mädchen den Klassenraum der frisch gebackenen Quarta a.

»Wer is denn die?«, wisperte Dina.

Argwöhnisch fixierte sie die Neue, die ein Gesicht

wie eine Miss World hatte und sich so bewegte, als ob sie ein Fotomodell, ein Filmstar oder eine Pop-Prinzessin wäre. Ihre Augen funkelten so hell wie Kristalle, ihre langen Haare waren so schwarz wie die von Schneewittchen und ihre Klamotten noch zehntausendmal ausgefallener als die von Nelly. Lässig schlenderte sie bis zur Mitte der Tafel und ließ ihren Blick von oben herab über die Klasse wandern.

»Darf ich vorstellen, das ist Sonia Berlitz, eure neue Mitschülerin«, verkündete Direktor Gripsholm, während Frau Schnippzig ihre Tasche abstellte und der Neuen aufmunternd zunickte.

»Hi«, sagte Sonia. »Wo darf ich sitzen?«

»Hier!«, riefen Nils und Frederik wie aus einem Munde. Hastig rutschten sie auseinander und deuteten auf die so entstandene Lücke.

»Da passt locker noch ein Stuhl dazwischen«, meinte Nils, grinste und errötete so stark, dass man seine Gesichtsfarbe kaum noch von der seiner Haare unterscheiden konnte.

»Nein, nein, nein«, sagte Frau Schnippzig sofort. »Das geht nicht. Ich fürchte, wir müssen uns noch einen Tisch organisieren.«

»Heißt das, ich soll alleine sitzen?«, fragte Sonia. Sie warf ihre schwarze Mähne zurück und schenkte Nils ein zuckersüßes Lächeln.

»Ich krieg gleich das Kotzen«, murmelte Dina.

Sie schaute zu Sarah und Nelly, die mit versteinerten Mienen jede einzelne von Sonias Bewegungen verfolgten.

»Wieso? Sie hat doch recht«, raunte Marvin Dina zu. »Ich würde mich auch nicht mit einem halben Tisch begnügen.«

»Du findest wohl, dasse toll aussieht, was?«, zischte Dina wütend.

»Klar«, gab Marvin unumwunden zu. »Tut sie doch auch. Fast wie ein Superstar. Ich verstehe aber nicht, was das mit dem Sitzplatz zu tun hat.«

Dina sparte sich eine Antwort. Erstens wusste sie keine, jedenfalls keine wirklich logische. Und zweitens guckte Direktor Gripsholm bereits mahnend zu ihnen herüber.

»Das macht Sinn«, sagte er schließlich und nickte der Deutschlehrerin freundlich zu. »Morgen kommt ja noch eine weitere Schülerin.« Er wandte sich nun an Sonia. »Und dann bist du auch nicht mehr allein.«

»Glaubt ihr, er meint damit Amy Too?«, fragte Sarah.

In der Fünfminutenpause waren sie und Nelly gleich zu Dina und Marvin hinübergestürzt und hatten sich vor deren Tische gehockt.

»Unlogisch«, meinte Dina kopfschüttelnd. »Amy Too is doch 'n ganzes Jahr älter als wir. Sie kommt bestimmt in die Achte.«

»Wenn sie überhaupt im Internat wohnen wird«, gab Nelly zu bedenken. »Das ist schließlich noch gar nicht raus.«

»Ich wohne auch nicht im Internat«, sagte Marvin. »Und bin trotzdem in eurer Klasse.«

Er strubbelte sich durch das schwarze Haar und

schielte mehr oder weniger unauffällig zu Sonia hin, die in der offenen Klassenraumtür stand und Nils und Frederik erklärte, wo sie den Tisch hinstellen sollten.

Sarah verdrehte die Augen. »Du wohnst schließlich hier im Ort, Amy Too aber im Heim in Schwerin.«

»Ja, ja, schon gut«, sagte Marvin und grinste Sonia an, die in diesem Moment zu ihnen herübersah.

»Was soll das?«, zischte Dina.

»Wieso?«, erwiderte Marvin. »Was ist denn?«

»Ich will nich, daste die anlächelst.«

»Und warum nicht?«

»Weil die blöd is«, schnaubte Dina.

»Woher weißt du das?«, fragte Marvin. Er riss sich von Sonia los und schaute Dina nun ganz offen ins Gesicht. »Du kennst sie doch gar nicht. Oder?«

»Die muss ich nich kennen«, erwiderte Dina. »Das is die pure Erfahrung.«

»Du bist ja eifersüchtig«, sagte Marvin verwundert.

»Und du spinnst«, brummte Dina.

Sie stützte ihr Kinn in die Hände und zog eine Schnute.

»Tu ich nicht«, sagte Marvin. Er legte seinen Arm um Dinas Hals, zog sie an sich und drückte ihr einen lauten Schmatzer auf die Backe. »Du bist goldig«, sagte er. »Echt.«

»Lass das doch«, knurrte Dina und drückte ihn weg.

Sarah und Nelly zwinkerten sich zu.

»Was sich neckt, das liebt sich«, sagte Nelly.

Sarah lächelte und seufzte leise. Schon möglich, dass

das auf Dina und Marvin zutraf. Zwischen ihr und Alex war es allerdings nie so gewesen. Und auch mit Amy Too und ihm schien es eher eine ernste Angelegenheit zu sein. Aber das hing wohl mit Amy Toos Schicksal zusammen und damit, dass Alex ein eher ernsthafter Typ war.

Außerdem bist du nie mit ihm zusammen gewesen, mahnte Sarah sich in Gedanken. Und dennoch. Das was er gestern im Zug gesagt hatte, wollte ihr einfach nicht aus dem Kopf gehen: *Wenn es Amy Too nicht gäbe …*

Im Laufe des Vormittags stellte sich heraus, dass Sonia nicht nur schön wie ein Hollywood-Star, sondern zu allem Überfluss auch noch superklug war. In Englisch schien sie wesentlich weiter zu sein als ihre neuen Klassenkameraden, im Mathematikunterricht löste sie die kniffligsten Textaufgaben in höllischer Geschwindigkeit, und in Geografie verblüffte sie den strengen Herrn Knoche mit ihrem Wissen über die Beschaffenheit der Erdschichten im südlichen Alpenraum.

»Gibt es eigentlich irgendwas, das du nicht kannst?«, fragte Jane ehrlich bewundernd, als sich die Klasse nach der fünften Stunde zum Musikunterricht aufmachte.

Sonia reckte ihr Kinn hervor und lächelte wie eine Prinzessin, die ihre Stimmbänder für zu wertvoll hielt, um sie allzu überschwänglich an ihr Volk zu verschwenden. Wortlos drückte sie sich an Jane vorbei, betrat den Musikraum und pflanzte sich ohne mit der Wimper zu zucken in die erste Reihe.

»He!«, rief Nelly. »Was fällt dir ein? Das ist mein Platz.«

Sonia zuckte die Schultern. »Und?«, sagte sie. »Jetzt ist es meiner.«

Nelly war über diese Dreistigkeit so verblüfft, dass sie zur Salzsäule erstarrte und kein Wort hervorbrachte. Doch Dina kam ihr zu Hilfe. Drohend baute sie sich vor Sonia auf und zischte:

»Besser, du machst dich sofort vom Acker.«

Sonia hob die Augenbrauen. »Und wenn nicht?«, fragte sie spöttisch. »Willst du mich dann etwa hauen?«

»Zur Not«, presste Dina zwischen den Zähnen hervor.

»Jetzt lass sie doch da sitzen«, brummte Nils. »Hier im Musikraum haben wir schließlich Stühle genug.«

»Darum geht es nicht«, sagte Nelly, die sich inzwischen wieder gefangen hatte. Sie richtete ihren Zeigefinger auf Sonias Brust. »Das da ist mein Platz und ...«

»Mensch, Nelly«, versuchte nun Sarah die Freundin zu beruhigen. »Wir haben ein neues Schuljahr. Du hast doch gar keinen Anspruch mehr auf deinen alten Platz.«

»Ach nein?« Nelly wirbelte herum und blitzte Sarah wütend an. »Aber die da, die hat wohl Anspruch, was?«

»Das sag ich doch gar nicht«, verteidigte Sarah sich.

Wie ungerecht, dass Nelly nun auf sie losging! Schließlich hatte sie nur schlichten wollen. Sarah fand diese Streiterei um einen dummen Stuhl ziemlich albern.

Sie selbst hatte keine Probleme damit, sich woanders hinzusetzen, und so ließ sie sich zwei Plätze weiter auf einen Stuhl fallen. Dina setzte sich zögernd neben sie.

»Das geht nich gut«, murmelte sie. »Nelly dreht durch. Siehste das nich? – Echt.«

In der Tat war Nelly bereits bis zu den Haarwurzeln dunkelrot angelaufen. »Jetzt hau endlich da ab!«, keifte sie Sonia an.

Mittlerweile hatten sich fast alle Klassenkameraden um die beiden Mädchen herum geschart und beobachteten das Schauspiel mit wachsendem Interesse. Vor gut einem halben Jahr hatte Nelly noch das Sagen gehabt. Da war sie die Hübscheste und die Tollste in der Klasse. Zwar hatten sich die Jungs nicht für sie interessiert, aber bei den Mädchen war sie absolut on top. Alle hatten sie um ihre hippen Klamotten und um ihren berühmten Vater beneidet und jede wollte mit ihr befreundet sein. Nelly hatte es ziemlich gut verstanden, ihre Vorteile daraus zu ziehen und die Mädchen so manches Mal gegeneinander ausgespielt. Erst seitdem sie mit Sarah und Dina befreundet war, hatte sie ihre merkwürdigen Allüren vergessen. Doch nun, da Sonia in ihre Klasse gekommen war, schien alles wieder von neuem loszugehen.

»Ich denke gar nicht dran«, erwiderte Sonia und blickte Nelly herausfordernd an.

»Lass sie doch«, sagte Tini. »Sie ist neu. Sie muss sich erst mal zurechtfinden.«

»Ach ja?«, fauchte Nelly. »Also, ich habe das Gefühl, sie kommt bestens klar. Und deshalb möchte ich meinen alten Platz wiederhaben. Und ihr ...« Sie stemmte die Hände auf die Hüften und schaute in die Runde. »... ihr werdet ja wohl zu eurer alten Klassenkameradin halten.«

»Was hat das denn damit zu tun?«, meinte Jane. »Im Gegensatz zu Sonia kennst du dich hier schließlich schon aus. Ich finde, wir sollten es ihr so leicht wie möglich machen.«

Sonia schenkte Jane ein honigtriefendes Lächeln. »Danke«, sagte sie anschließend an alle gewandt. »Ihr seid echt nett. Ich bin wirklich froh, dass ich in eure Klasse gekommen bin.«

»Ich bin wirklich froh, dass ich in eure Klasse gekommen bin«, äffte Nelly Sonia übertrieben nach.

Nachdem Frau Schnippzig, die in der Unterstufe auch Musik unterrichtete, den Tumult beendet hatte, war die Stunde ohne besondere Vorkommnisse zu Ende gegangen. Sonia hatte auf ihrem Platz sitzen bleiben dürfen und hatte sich die ganzen fünfundvierzig Minuten absolut still verhalten.

Nach dem Ertönen des Schulgongs war Nelly als Erste aus dem Musikraum gestürmt, und Sarah hatte Mühe gehabt, mit ihr Schritt zu halten. Erst auf halbem Weg zur *Sardinenburg* hatte sie die Freundin eingeholt.

»Wenigstens scheint sie musikalisch eine Niete zu sein«, schnaubte Nelly abfällig.

Sarah schwieg. Sie hatte keine Lust, in das Geätze einzusteigen und hoffte, dass Nelly sich nach ein paar

Tagen von ganz allein wieder beruhigte. Im Moment hielt sie Ablenkung für die am besten geeignete Maßnahme und so fing sie mit Amy Too an.

»Was glaubst du, in welches Zimmer sie kommt?«

»Ach, das ist mir doch völlig egal«, erwiderte Nelly. »Und ich nehme an, Amy Too geht es genauso.«

Okay, dachte Sarah, das war schon mal nichts. Die Freundin war offenbar immer noch zu aufgebracht, um sich mit normalen Dingen zu beschäftigen. Sie brauchte Futter für ihre erzürnten Zellen, und so schwenkte Sarah auf das Thema *Drillies* um.

»Hast du dich eigentlich schon umgesehen, welche Typen du ihnen unterjubeln willst?«, erkundigte sie sich vorsichtig.

Aber auch damit stieß sie nicht gerade auf fruchtbaren Boden.

»Dazu brauche ich mich nicht umzugucken«, meinte Nelly barsch. »Das weiß ich auch so.«

Obwohl diese bescheuerte Wette sie eigentlich überhaupt nicht reizte, versuchte Sarah hochinteressiert zu klingen. »Ach ja? Und wer sollen die Glücklichen sein?«

»Die armen Teufel, meinst du wohl«, knurrte Nelly. Energisch stapfte sie die Stufen zum Eingangsportal hinauf und öffnete die schwere Burgtür. »Keine Ahnung, ob ich dir das wirklich sagen soll.«

»Wieso denn nicht?«, erwiderte Sarah. »Ich bin deine Freundin.«

Nelly drückte die Tür ganz auf, ließ Sarah als Erste in die große Halle mit dem mächtigen Kronleuchter an der Decke treten und ließ sie dabei nicht aus den Augen.

»Natürlich bist du das«, sagte sie schließlich, nachdem die Tür hinter ihnen ins Schloss gefallen war. »Trotzdem.« Sie wandte sich ab und marschierte auf den Gang des Südflügels zu, in dem sich der Mädchentrakt befand.

Sarah hastete ihr hinterher. »Was soll das heißen?«, keuchte sie. »Trotzdem?«

»Nichts«, murmelte Nelly. »Gar nichts.« Sie stoppte vor ihrer Zimmertür, zog den Schlüssel aus ihrer Hosentasche hervor und fädelte ihn ins Schloss. »Vertrau mir einfach, okay?«

Doch Sarah war die Sache nicht geheuer. »Wie soll ich dir vertrauen, wenn du nicht mit mir sprichst?«, drängelte sie.

Nelly schleuderte den Rucksack unter ihren Schreibtisch und ließ sich auf ihr Bett fallen. »Was hast du denn?«, fragte sie mit scheinheiligem Gesichtsausdruck. »Ich red doch mit dir.«

»Tust du nicht.« Wütend schlug Sarah die Tür zu. Sie stellte ihre Tasche auf ihren Drehstuhl und ging in Nellys Zimmerteil hinüber. »Du redest zwar mit mir, aber nicht über das, was ich wissen will.«

Nelly zwinkerte Sarah zu. Es sollte wohl verschmitzt wirken, tat es aber nicht. »Ich hab doch gesagt, du sollst mir vertrauen«, wiederholte sie eindringlich. »Wenn du meine Freundin bist, dann ist das doch kein Problem, oder?«

»Verdammt nochmal, Nelly!«

Stöhnend drehte Sarah sich weg. Diese Masche kannte sie bereits. Das war Nellys altes Spiel, mit dem sie früher schon ihre Klassenkameradinnen unter Druck gesetzt hatte. Eine ganze Weile hatte sich auch Sarah davon beeindrucken lassen. Aber damit war jetzt Schluss.

Voller Zorn stieß sie ihre Tasche vom Stuhl. Die Verschlüsse sprangen auf. Sämtliche Bücher und Hefte fielen heraus und verteilten sich auf dem Teppichboden.

Nelly fing an zu lachen. »Siehst du«, kicherte sie. »Es passt nicht zu dir, wütend zu sein. Das ist einfach nicht dein Ding.«

»Du musst es ja wissen«, knurrte Sarah.

Und obwohl das eigentlich auch nicht ihr Ding war, ließ sie ihr Zeug einfach liegen, stürmte aus dem Zimmer und schlug die Tür hinter sich zu.

Sarah rannte in Richtung Schulgebäude zurück. Sie war so wütend, dass sie nichts und niemanden um sich herum wahrnahm. Sie bemerkte weder die *Drillies*, die kichernd an ihr vorbeiliefen, noch die Internatsleiterin Buchstedt, die mit zwei Jungs aus der Siebten vor einem Beet stand und ihnen mit ernster Miene erklärte, worin sich Unkraut von normalen Sommerblumen unterschied. Sarah sah nicht einmal Jane und Tini, die mit Sonia im Schatten einer Ulme hockten und sich offensichtlich bestens miteinander unterhielten, sie wollte einfach nur weg.

Erst als sie die *Sardinenburg* und das Schulgebäude weit hinter sich gelassen hatte und ein ganzes Stück durch den Wald, der an den Burgpark grenzte, gelaufen war, kam Sarah allmählich wieder zu sich.

Sie verlangsamte ihren Schritt und verschnaufte. Noch immer war sie sauer. Aber jetzt konnte sie wenigstens wieder klar denken. Es musste einen Grund dafür geben, weshalb Nelly ihr nicht verraten wollte, was sie vorhatte.

Sarah blinzelte gegen das Sonnenlicht, das zwischen den Baumkronen hindurch auf den Waldweg fiel. Aus der Ferne waren lachende und kreischende Stimmen zu hören. Sie mussten vom See her kommen. An diesem warmen Tag war wahrscheinlich der halbe Ort zum Baden dort.

Sarah lief auf die Bank zu, die unter einer Gruppe Buchen stand, und ließ sich darauf fallen. Vielleicht machte Nelly sich ja nur einen Spaß daraus, sie zu ärgern. Das würde ihr ähnlich sehen. Andererseits wurde Sarah das Gefühl nicht los, dass Nelly so geheimnisvoll tat, weil sie genau wusste, dass Sarah ihr Vorhaben verhindern würde. Verdammt ja! Genau so musste es sein.

Wieder fing es in Sarahs Brust an zu kochen. Wenn Dina wenigstens da wäre. Aber die musste ja ständig mit Marvin herumhangen. Und natürlich auch noch besonders dann, wenn sie dringend gebraucht wurde. Als ob die Freundschaft zu ihm wichtiger war als die zu ihr!

Sarah setzte die Ellenbogen auf ihre Oberschenkel und stützte das Gesicht in ihre Hände. Mit der Sohlenkante ihrer hellblauen Turnschuhe kratzte sie Striche in den Waldboden. Was sollte sie bloß tun? Nelly weiter zu belatschern hatte wohl wenig Sinn. Dadurch würde die Freundin sich nur interessant fühlen und womöglich noch mehr Theater veranstalten. Und Sarah hatte nun wirklich nicht vor, auf den Knien herumzurutschen und sich bis zur Unkenntlichkeit vor Nelly zu erniedrigen. Nein, sie musste Dina suchen und mit ihr reden. Vielleicht fiel der ja etwas ein.

Entschlossen sprang Sarah auf und wollte wieder zur Burg zurücklaufen, da bemerkte sie aus den Augenwinkeln am Wegrand eine leichte Bewegung im Laub. Bestimmt nur ein Käfer, dachte Sarah.

Trotzdem stoppte sie, machte einen Schritt zurück und sah genauer hin. Es war größer als ein Käfer und hellbraun, und im ersten Moment dachte Sarah, es wäre ein Frosch. Aber das war ein Irrtum. Es war kein Frosch, sondern ein junger Vogel, der auf dem Rücken lag, mit den Beinen zuckte und rhythmisch den Schnabel auf und zu klappte.

Sarah stockte das Herz. Für ein paar Sekunden war sie wie erstarrt. Sie hatte keine Ahnung, ob sie das Tier anfassen durfte. Vielleicht würden die Eltern den kleinen Vogel nicht mehr versorgen, wenn er Menschengeruch an sich hatte. Was aber, wenn er verletzt war?

Sarah bückte sich zu ihm herunter und betrachtete ihn eingehend, aber sie konnte keine Wunden und auch kein Blut entdecken. Vorsichtig berührte sie seine zuckenden Beine und seinen winzigen Brustkorb, auf dem noch keine einzige Feder zu sehen war. Trotz der Wärme fühlte er sich eiskalt an. Schlagartig wurde Sarah klar: Er brauchte Hilfe, und zwar schnell.

Vorsichtig hob sie ihn auf und legte ihn in ihre Hand. »Was ist bloß mit dir passiert?«, wisperte sie. »Bist du etwa aus dem Nest gefallen?«

Während sie die Finger sachte um den kleinen Körper schloss, richtete sie sich auf und ließ ihren Blick durch die Baumkronen über ihr wandern. Aber in den dichten Blättern konnte sie nichts entdecken.

»Was mach ich jetzt nur mit dir?«, murmelte sie.

Sie spürte die leisen Bewegungen des Vögelchens und sie glaubte auch, sein winziges Herz schlagen zu fühlen.

Ob er überhaupt noch eine Chance hatte?

Vielleicht war er krank und seine Eltern hatten ihn absichtlich aus dem Nest gestoßen. Dann wäre es womöglich besser, ihn einfach hier liegen und sterben zu lassen. Doch das brachte Sarah nicht übers Herz. Sie musste zu einem Tierarzt mit ihm und dann sollte der entscheiden.

Entschlossen setzte sie sich in Bewegung. Sie hatte zwar keine Ahnung, wo es im Ort überhaupt einen Tierarzt gab, aber es reichte ja schon, wenn sie die nächste Telefonzelle fand und im Nummernverzeichnis nachschlagen konnte.

Aber dann hatte Sarah noch eine viel bessere Idee. Der Reiterhof! Dort musste es doch eine ganze Menge Leute geben, die ihr weiterhelfen konnten. Zum Beispiel Britta, bei der Nelly und sie im vergangenen Herbst einen Reitkursus gemacht hatten. Oder am besten noch Frau Schirmeck selbst.

Nichts als Geheimnisse

Als Sarah zehn Minuten später auf die Bürotür von Frau Schirmeck zusteuerte, fühlte das Vögelchen sich schon viel wärmer an. Es bewegte sich allerdings so gut wie gar nicht mehr und auch der Schnabel blieb verschlossen. Bitte, bitte, dachte Sarah verzweifelt. Halt durch. Wenigstens so lange, bis wir jemanden gefunden haben, der weiß, ob man dir noch helfen kann.

Sie setzte ihren Fuß auf den Absatz vor der Tür und wollte gerade anklopfen, als hinter ihr eine Stimme ertönte.

»Hey, kenn ich dich nicht?«

Sarah drehte sich um und riss erstaunt die Augen auf. »Lorenzo?«

Der Junge mit den kohlschwarzen Augen und den

halblangen dunklen Haaren hob die Schultern und grinste.

»Aber wieso bist du hier?«, fragte Sarah. »Hast du noch keine Schule?«

»Ich habe einen Privatlehrer«, erwiderte Lorenzo. »Nur für die Zeit des Turniers natürlich.«

Sarah verstand überhaupt nichts mehr. »Was für ein Turnier?«, wunderte sie sich. »Nelly hat überhaupt nichts erzählt.«

»Nelly weiß auch nichts davon«, erklärte Lorenzo ihr. »Sie hat keine Ahnung, dass ich …« Er stockte und musterte Sarah kritisch. »Du sagst ihr doch hoffentlich nichts?«

Sarah schluckte. Sie wusste nicht, ob sie das einfach so versprechen konnte.

»Willst du sie denn gar nicht treffen?«, fragte sie.

Wieder hob Lorenzo die Schultern. »Erst mal nicht. Ich hätte sowieso keine Zeit, weil ich ziemlich viel trainieren muss.«

»Für dieses Turnier?«, hakte Sarah nach. »Von dem Nelly nichts weiß?«

Ihr kam die ganze Geschichte oberseltsam vor.

»Klar weiß sie davon«, sagte Lorenzo. »Sie hat nur keine Ahnung, dass ich dabei bin. Es soll eine Überraschung sein.«

Und das soll ich dir glauben?, dachte Sarah. Sie kam jedoch nicht mehr dazu, noch weiter nachzubohren, weil Lorenzo nun auf die Hand zeigte, in der sie das Vögelchen hielt.

»Was trägst du eigentlich da mit dir rum?«

Sarah schaute ihn unschlüssig an. »Ein Vogeljunges«, sagte sie schließlich und öffnete ihre Finger. »Ich habe es im Wald gefunden.«

»Oje!«, rief Lorenzo. »Das ist ja noch vollkommen nackt. Willst du es etwa aufpäppeln?«

»Eigentlich nicht«, meinte Sarah zögernd. »Ich kann es ja schlecht mit in die *Sardinenburg* nehmen. Aber vielleicht kann mir Frau Schirmeck einen Tierarzt nennen.«

»Und dann?«, erwiderte Lorenzo, während er das winzige Tier vorsichtig am Schnabel berührte. Sofort riss der Kleine ihn sperrangelweit auf. »Was, denkst du, macht der mit ihm?«

Sarah zuckte die Schultern. »Keine Ahnung. Vielleicht gibt es hier ja irgendwo so eine Art Vogelstation, die ...«

Lorenzo setzte ihr den Zeigefinger auf die Brust. »Das ist überhaupt die Idee!«, rief er. »Komm, wir gucken im Internet nach.«

»Im Internet?«

Sarah blieb nicht viel Zeit zum Wundern, denn Lorenzo nahm sie einfach an der freien Hand und zog sie in Frau Schirmecks Büro. Es war niemand da.

»Und jetzt?«, fragte Sarah.

Doch Lorenzo grinste nur und klemmte sich, als wäre es das Selbstverständlichste von der Welt, hinter einen der beiden Monitore und startete den Internetprovider.

»A-aber, du kannst doch nicht einfach ...«, stammelte Sarah.

»Klar kann ich«, erwiderte Lorenzo. Er nickte ihr zu. »Jetzt komm schon her.«

Zögernd trat Sarah an den Tresen und verrenkte sich fast den Hals, um auf den Bildschirm schauen zu können.

»Frau Schirmeck ist meine Tante«, sagte Lorenzo.

»Deine Tante?«

Das wurde ja immer abenteuerlicher! Sarah verkniff sich die Frage, ob Nelly wenigstens das wusste. Mit ein bisschen Geschick würde sie es auch anders herausfinden. Erstaunt stellte sie fest, dass ihre Wut auf die Freundin komplett verschwunden war.

»Ja, meine Tante«, bestätigte Lorenzo. Noch einmal nickte er ihr zu. »Worauf wartest du denn noch?«

Er rutschte zur Seite und klopfte auf das frei gewordene Stück Sitzfläche seines Stuhls. Unentschlossen starrte Sarah auf seine schmale Hand. Sie war so braun wie ein Riegel Milkyway.

»Jetzt komm«, sagte Lorenzo. Sein Blick klebte auf dem Monitor, aber seine Stimme klang ungeduldig. »Das passt schon. So dick sind wir ja beide nicht.«

Sarah atmete einmal tief durch und schob sich so vorsichtig, als ob sie jede Sekunde einen elektrischen Schlag bekommen könnte, neben ihn auf den Stuhl.

Lorenzo hatte mittlerweile Google aktiviert und »Vogeljunges« eingegeben. Die Suchmaschine stellte ihnen mehr als zehn Seiten zur Verfügung. Sarah konzentrierte sich auf den Cursor, der sich suchend über die Einträge bewegte. Lorenzo öffnete die ein und andere Website und stellte schließlich fest:

»Wir brauchen gar keine Aufzuchtstation, wir machen das selbst.«

Obwohl Sarah vor Anspannung fast aus allen Nähten platzte, erzählte sie erst mal nichts von ihrem Erlebnis am Nachmittag. Natürlich hätte sie die Geschichte mit dem kleinen Vogel nur zu gerne mit ihren Freundinnen geteilt. Aber dann hätte sie auch Lorenzo erwähnen müssen. Und das durfte sie nicht, das hatte sie ihm versprochen, auch wenn sie den Grund dafür immer noch nicht so recht einsehen wollte.

Im Moment fiel ihr das Verheimlichen allerdings nicht sonderlich schwer. Die Zeit mit Lorenzo war wie im Flug vergangen. Fast kam es ihr so vor, als ob sie ihn schon seit Ewigkeiten kannte. Außerdem fand sie es sogar gerecht, dass sie nun auch ein Geheimnis vor Nelly hatte. Was sie tun würde, wenn Nelly irgendwann doch mit ihrer Geschichte herausrückte, darüber mochte Sarah vorläufig nicht nachdenken. Und zum Glück stand im Augenblick auch ein ganz anderes Thema im Vordergrund, nämlich *Sonia Superstar*, wie Nelly die neue Klassenkameradin seit dem Abendessen abfällig nannte.

»Irgendwann drehe ich ihr den Hals um«, schimpfte sie, während sie, Dina und Sarah ihr Zimmer betraten. »Das verspreche ich euch.«

»Nich nötig«, meinte Dina. »Du machst doch eh, waste willst. Auch ohne Schwur und so.«

Nelly warf ihr einen missbilligenden Blick zu. »Sind wir nun Freundinnen oder nicht?«

»Was hat denn das eine mit dem andern zu tun?«,

erwiderte Dina. »Trotzdem sind wir doch eigene Wesen mit eigenem Befinden, oder nich?«

Sarah hob die Augenbrauen. Das waren ja ganz neue Töne! Vor noch gar nicht allzu langer Zeit hatte Dina das nämlich noch total anders gesehen. Da hatte auch sie, ganz ähnlich wie Nelly, völlige Ergebenheit von einer Freundin verlangt.

»Ich finde, wir sollten nicht zu viel Aufhebens um sie machen«, sagte sie, während sie sich ihrem Schreibtisch zuwandte und damit begann, die Unterlagen für den folgenden Schultag zusammenzulegen.

»Was soll das denn heißen?«, fauchte Nelly. »Nur weil du beleidigt bist, musst du jetzt nicht gleich auf obercool machen.«

Dina schaute erstaunt zwischen den beiden hin und her. »Beleidigt? Wieso is Sarah denn beleidigt? Da weiß ich ja gar nix von. Echt.«

»Kein Wunder«, sagte Nelly. »Seitdem du mit Marvin zusammen bist, merkst du ja eh nichts mehr.«

»Spinnst du?« Dinas dunkle Augen funkelten zornig. »Du gönnst es mir wohl nich, dass ich glücklich bin, was?«

Sarah ließ ihren Rucksack geräuschvoll zu Boden gleiten.

»Jetzt hört auf zu streiten, okay?« Sie drehte sich zu Nelly hin und sagte: »Ich war übrigens nicht beleidigt, sondern sauer.«

»Was für ein Unterschied«, grummelte Nelly. Sie ließ sich auf ihren Stuhl plumpsen und starrte missmutig vor sich hin.

Sarah schnappte nach Luft, verkniff sich jedoch jede weitere Bemerkung. Es hatte ja sowieso keinen Zweck. Wenn Nelly einmal dampfte, dann dampfte sie und da musste man geduldig warten, bis das Thema verraucht war. Genauso schien das auch Dina zu sehen. Sie warf Sarah einen genervten Blick zu und zerrte dann ohne ein weiteres Wort zu verlieren ihre Mathesachen hervor.

»Musst du etwa noch Hausaufgaben machen?«, fragte Sarah.

»Nur Mathe«, antwortete Dina. »Das haben Marvin und ich vorhin nicht mehr geschafft. Wir waren noch am See. Das war wirklich toll.«

»Na super«, knurrte Nelly. »Ich freue mich, dass du dich gut amüsiert hast.«

»Is ja wohl nich mein Problem, wenn du das nich getan has«, knurrte Dina zurück.

Sarah stöhnte leise. Obwohl sie eigentlich keine Lust hatte, den Rest des Abends über Sonia zu reden, war sie mittlerweile davon überzeugt, dass es durchaus hilfreich war, wenn Nelly sich ein bisschen auskotzen konnte, und so nickte sie der Freundin aufmunternd zu. »Weißt du, was ich glaube?«

Nelly schüttelte den Kopf.

»Ich glaube, dass sich die Geschichte mit Sonia einschleift«, sagte Sarah. »Vielleicht hat sie nur so eine große Klappe, weil sie Angst hat, sonst unterzugehen.«

Nelly kniff die Augen zusammen. »Und wenn schon!«, brummte sie.

»Jetz sei doch nich so bockig«, sagte Dina, die Mühe hatte, sich auf die Aufgaben zu konzentrieren.

»Ach du«, erwiderte Nelly. »Du willst doch nur in Ruhe dein Mathezeug erledigen.«

Dina fuhr herum und blitzte Nelly zornig an. »Und wenn schon!«, knurrte jetzt sie.

Sarah schüttelte den Kopf. Sie konnte es nicht verstehen, wie man so selbstsüchtig sein konnte wie ihre beiden Zimmergenossinnen. Wenn das so weiterging, würde Dina ihre Hausaufgaben vergessen können und Nelly wahrscheinlich noch die halbe Nacht aus den Ohren qualmen. Höchste Zeit also, dass jemand mit klarem Kopf ein wenig Ordnung in die Sache brachte.

Sie erhob sich von ihrem Stuhl und baute sich vor Dina auf. »Warum gehst du nicht einfach in den Gemeinschaftsraum?«, schlug sie vor.

»Weil da im Augenblick garantiert die Hölle los ist«, antwortete Dina. »Meinst du etwa, ich kann mich besser konzentrieren, wenn neben mir ein Video läuft oder Monopoly gespielt wird?«

Natürlich nicht. Das sah auch Sarah ein. Und trotzdem.

»Niemand hier in der Burg kann etwas dafür, dass du deine Aufgaben noch nicht erledigt hast. Ich bin fertig damit und möchte jetzt mit Nelly reden.«

»Ja, ja.« Dina sprang auf, schlug mit einem lauten *Klatsch* das Mathebuch zu und raffte ihre Sachen zusammen. »Schon kapiert«, knurrte sie. »Die da …« sie nickte zu Nelly hinüber, »… war dir ja schon immer wichtiger als ich.«

Sarah wollte protestieren, doch Dina ließ sie nicht zu Wort kommen.

»Aber mach dir keine Sorgen«, zischte sie. »Ich werd schon ein stilles Eckchen finden. Und wenn ich mich im Keller in den Gaszähler-Raum verkriech. Ich bin es ja gewohnt, mit den Brosamen auszukommen.«

Sie drehte sich auf dem Absatz ihrer orangeroten Filzpuschen um und rannte aus dem Zimmer.

»Dina!«, schrie Sarah. »Dina, jetzt renn nicht gleich weg.«

»Lass sie doch«, sagte Nelly. »Schließlich ist sie selber schuld, wenn sie so was denkt.«

»Ach du ...« Sarah blitzte ihre Freundin zornig an. »Du weißt genau, welche Probleme Dina mit ihrem Vater hat. Immerhin geht es dir da ganz ähnlich.«

»Mit einem Unterschied«, stellte Nelly klar. »Mein Vater hat einen Grund: Er ist berühmt und hat einfach nicht so viel Zeit für mich. Dinas Vater will sie ganz einfach nicht. So ist das nämlich, wenn du mich fragst.«

Sarah schluckte. Sie sank auf ihren Stuhl zurück und blickte Nelly betroffen an. Genau so war es wohl. Bisher hatten sich Sarahs Gehirnzellen nur standhaft geweigert, es zu denken.

»Umso mehr müsstest du sie eigentlich verstehen«, sagte sie rau.

»Tu ich ja«, erwiderte Nelly. »Aber im Moment habe ich leider andere Probleme.«

Sarah war schon mal heilfroh, dass Nelly nicht *wichtigere* gesagt hatte. Dennoch: Es konnte einfach nicht sein, dass Nelly sich immer und um jeden Preis in den Vordergrund drängte.

»Und die heißen wohl Sonia, Sonia und nochmal Sonia, was?«, entgegnete sie.

»Du hast es erfasst«, sagte Nelly. »Und die bekloppten *Drillies* stehen schließlich auch noch auf der Liste.«

»Aber mit denen hast du ja schon deine Pläne«, meinte Sarah.

»Allerdings.«

Sarah sah die Freundin erwartungsvoll an, aber Nelly schwieg beharrlich und machte sich stattdessen an ihrem Schrank zu schaffen.

»Was hast du denn jetzt vor?«, wollte Sarah wissen.

Nelly antwortete mit einer Gegenfrage: »Willst du dich nicht um Dina kümmern?«

»Wieso ich?«

»Weil du sie verärgert hast«, sagte Nelly.

»Du hast doch selber gesagt, dass sie sich nicht so anstellen soll«, erwiderte Sarah.

Tatsache war: Sie hatte keine Lust, hinter Dina herzulaufen und um Verzeihung zu bitten. In der Stimmung, in der Dina jetzt war, konnte man sich genauso gut mit einem Presslufthammer unterhalten. Außerdem wollte Sarah nicht immer alleine alles wieder hinbiegen. Eigentlich konnte Nelly sie ruhig ein bisschen unterstützen, fand sie. Schließlich waren sie die *Sardinen* und die besten Freundinnen überhaupt. Aber Nelly hatte ja leider *andere* Probleme. Und die schienen sich im Moment offenbar in ihrem Schrank zu befinden.

»Ich weiß überhaupt nicht, was ich anziehen soll«, jammerte sie, während sie die Fächer durchwühlte und ein Shirt nach dem anderen hinter ihr auf dem Boden landete. »Ich habe nur langweiliges Zeug.«

»Sag mal, spinnst du jetzt total?«, entgegnete Sarah. »Niemand in der *Sardinenburg* hat so coole Klamotten wie du.«

»Doch«, schnaubte Nelly.

»Wer?«

»Na, wer wohl?«

Sarah runzelte die Stirn. »Meinst du etwa Sonia?«

»Wen sonst?«

Das war ja nicht zu fassen!

»Nelly, das stimmt doch gar nicht«, sagte sie kopfschüttelnd. »Okay, Sonia war ganz hip angezogen«, gab sie zu, »aber darum geht es doch überhaupt nicht. Sie könnte sich wahrscheinlich sogar ein Kleid aus Geschirrhandtüchern anziehen und sähe immer noch gut aus.«

Natürlich hatte Sarah Nelly damit bloß trösten wollen. Sie hatte den Satz allerdings noch nicht ganz zu Ende gesprochen, da war ihr bereits klar, dass es der größte Fehler aller Zeiten gewesen war. Sie rechnete mit einer riesen Explosion, aber Nelly blieb ganz still, fast wie eingefroren. Sie blickte Sarah nur an. Eiskalt und hasserfüllt.

Okay, das war's, dachte Sarah. Endlich zeigte Nelly ihr wahres Gesicht. Eine einzige winzige Unüberlegtheit und Nelly war drauf und dran, Sarah die Freundschaft zu kündigen.

»Es tut mir leid, so hab ich das nicht gemeint«, erwiderte Sarah hastig, aber das rettete nichts mehr.

»Logisch hast du es so gemeint«, zischte Nelly. »Und es ist ja auch so. Ich weiß genau, dass ihr alle so denkt. Aber ihr werdet euch noch wundern. Ich werde es euch nämlich zeigen. Der ganzen Schule werde ich es zeigen. Und dann wird keiner mehr von Sonia Superstar reden. Das schwöre ich dir.«

Den Rest des Abends herrschte Schweigen. Nelly sammelte ihre T-Shirts wieder auf, während Sarah schuldbewusst, vor allem aber traurig und enttäuscht unter ihre Bettdecke kroch und versuchte, sich auf einen Mädchenroman zu konzentrieren – was ihr natürlich nicht gelang. Angespannt lauschte sie auf jedes Geräusch, das Nelly verursachte, und immer wieder schielte sie an ihrem Buch vorbei, in der Hoffnung, vielleicht doch noch einen versöhnlichen Blick mit der Freundin tauschen zu können. Aber nix.

Nelly tat einfach so, als gäbe es sie gar nicht. Sie kramte noch eine Weile in ihrem Schrank herum, räumte ihren Schreibtisch auf, machte sich anschließend über eine halbe Stunde lang irgendwelche Notizen und verschwand schließlich mit ihren Waschutensilien aus dem Zimmer.

Sarah wartete einen Moment, dann legte sie ihr Buch zur Seite, schlüpfte aus dem Bett und zog sich aus. Gerade, als sie mit dem Kopf im Nachthemd steckte, hörte sie, wie die Tür geöffnet wurde.

»Nanu«, sagte eine Stimme.

Sie gehörte Rabea. »Bist du ganz allein?«

»Nelly ist im Waschraum«, antwortete Sarah, während sie den Kopf durch die enge Halsöffnung drückte.

»Aha«, meinte Rabea. »Und Dina?«

Sarah hob die Schultern. »Keine Ahnung. Vielleicht in der Bibliothek. Sie wollte noch etwas nachschlagen.«

Sarahs Gefühl nach war das nur eine halbe Lüge. Dass Dina so spät noch Hausaufgaben machen musste, wollte sie Rabea lieber nicht erzählen. Womöglich kam die dann noch auf die Idee und verbot Dina, sich nachmittags mit Marvin zu treffen.

Rabea rückte ihre Brille zurecht und seufzte leise.

»Also gut«, meinte sie. »Ich seh mal nach.«

Die Oberstufenschülerin verschwand, die Tür schloss sich wieder, und Sarah ließ sich aufs Bett fallen. Ein Blick auf den Wecker zeigte ihr, dass es bereits kurz nach neun war. Verdammt nochmal! Eigentlich musste Dina längst fertig sein. Allmählich begann Sarah sich Sorgen zu machen. Hoffentlich hatte die Freundin in ihrer Wut und Enttäuschung nicht irgendeinen Mist gebaut. Diesbezüglich war Dina leider alles zuzutrauen und Sarah bereute es nun schon zum hundertsten Mal, dass sie so unbedacht gewesen war. Was überlegte Worte anging, war das heute wohl wirklich nicht ihr Tag gewesen. Abgesehen von dem Erlebnis mit Lorenzo. Sie brauchte nur daran zu denken, schon wurde ihr total kribbelig ums Herz. Wie es dem kleinen Vogel wohl ging?

Lorenzo hatte im Internet einiges in Erfahrung gebracht. Zum Beispiel hatte er herausgefunden, dass die Vogeleltern ein verlorenes Junges noch 24 Stunden lang suchten.

»Wir bringen es zurück«, hatte er gesagt. »Und morgen Nachmittag schauen wir nach, ob seine Eltern es gefunden haben und weiterfüttern.«

Sie hatten dem kleinen Tier Wasser in den Schnabel getröpfelt und mit einem Löffelstiel Brei aus Haferflocken und Wasser in den Hals gedrückt. Sarah hatte zuerst gar nicht richtig hinsehen können, weil sie es ziemlich brutal fand, aber dann hatte Lorenzo ihr erklärt, dass die Vogeleltern es mit ihren Schnäbeln auch nicht anders machten. Danach hatten sie das Vögelchen auf einen alten Wollstrumpf in ein kleines Körbchen gebettet und anschließend in der Nähe der Bank in einen Baum gehängt. Morgen würden sie sehen, ob es funktioniert hatte.

Sarah erhob sich seufzend, nahm ihr Handtuch vom Haken, klemmte sich die Kulturtasche unter den Arm und ging auf die Tür zu, die just in dem Augenblick aufging, als sie die Klinke berührte. Sarah machte einen Satz zurück, damit sie sie nicht vor den Kopf bekam.

Nelly spazierte herein. Ihre Blicke trafen sich und huschten sofort wieder auseinander. Sarah schlüpfte eilig in den Gang hinaus, während Nelly den Kopf zurückwarf und mit hoch erhobener Nase in ihren Zimmerteil stolzierte.

Im Waschraum traf Sarah auf Jane und Tini, die offenbar gerade fertig waren.

»Alles in Ordnung mit dir?«, fragte die kleine Tini, der die blonden Haare immer ins Gesicht fielen, wenn sie keine Haarklämmerchen trug. »Du siehst so blass aus.«

»Ja, ja, schon okay«, murmelte Sarah. Sie wählte gleich das erste Becken aus und stellte ihr Waschzeug auf die Ablage.

Jane und Tini steuerten auf die Tür zu, blieben dann aber abrupt stehen und schauten Sarah unentschlossen an.

Schließlich rang sich Jane durch. »Stimmt es, dass Nelly eine Stinkwut auf Sonia hat und irgendwas gegen sie im Schilde führt?«

Sarah ließ die Zahnpastatube, die sie gerade aufgeschraubt hatte, sinken und wandte sich überrascht zu ihren Klassenkameradinnen um. »Natürlich nicht«, sagte sie. »Wie kommt ihr denn da drauf?«

»Na ja, dass sie ziemlich sauer war, konnte man in der Musikstunde ja wohl sehen«, erwiderte Jane. »Und du weißt doch, wie sie ist …«

Sarah schwieg. Sie hatte keine Lust mit den beiden Mädchen über Nelly zu sprechen.

»Ich kann mir jedenfalls nicht vorstellen, dass sie sich nicht irgendwie an Sonia rächt«, bohrte Jane weiter.

Okay, das Ganze war also nichts weiter als eine Vermutung, beziehungsweise der Beginn eines Gerüchts. Sarah atmete einmal tief durch und schaute Jane mit festem Blick in die Augen.

»Nelly ist wütend auf Sonia, das stimmt. Immer noch. Aber sie hat keinen Ton davon gesagt, dass sie ihr eins auswischen will«, stellte Sarah klar.

»Es wäre auch total schade«, meinte Tini.

Sarah hob erstaunt die Brauen. »Was?«

»Na ja, wenn Nelly jetzt ein riesen Zickentamtam starten würde«, sagte Jane. »Sonia ist nämlich total nett. Echt. Und überhaupt nicht so eingebildet, wie ihr denkt.«

»Zumindest nicht immer«, fügte Tini einschränkend hinzu. »Manchmal ist sie wie ausgewechselt.«

Sarah nickte, obwohl sie keinen Schimmer hatte, wie ihre Klassenkameradin das meinte.

»Und sie plant was ganz Irres«, platzte Jane ungeduldig heraus. »Dazu wäre es aber toll, wenn sie sich mit Nelly vertragen würde.«

Jetzt verstand Sarah nur noch Bahnhof.

»Was soll das denn wieder heißen?«, fragte sie.

Jane und Tini guckten sich an, als ob sie sich gegenseitig vergewissern wollten, dass es in Ordnung war, wenn sie mit Sonias Geheimnis herausrückten.

»Also«, sagte Tini. »Es hat mit dem Oktoberfest zu tun. Da will die Gruppe von Nellys Vater doch ein Konzert für uns geben.«

»Ja ...« Sarah nickte. Sie war bis in die letzte Sehne gespannt, was jetzt wohl kam.

»Und da könnte man doch vielleicht so eine kleine Castingshow veranstalten«, meinte Jane.

»Was denn für eine Castingshow?«, fragte Sarah, verwundert darüber, was das Ganze mit Nellys Vater zu tun haben sollte. Sie musste jedoch nicht lange auf eine Antwort warten.

»Na, ist doch wohl klar«, erwiderte Jane sofort. »Sonia kann supergut singen und tanzen. Nelly bestimmt auch. Sie müsste das ja irgendwie geerbt haben. Und garantiert lassen sich da noch eine ganze Menge andere von begeistern.«

Klare Fronten?

Als Sarah ins Zimmer zurückkam, hatte Nelly die Vorhänge zugezogen und das Licht bereits gelöscht. Sarah wartete einen Moment, bis ihre Augen sich an die Dunkelheit gewöhnt hatten. Dann tapste sie zu Dinas Bett hinüber und tastete über die Decke. Sie lag flach und glatt auf dem Bett. Es gab keinerlei Hubbel oder Ausbeulungen und auf dem Kopfkissen waren keine schwarzen Wuschellocken zu erkennen. Dina war also immer noch nicht zurück!

Unschlüssig schaute Sarah zu Nelly hinüber. Zu blöd auch, dass sie sich gerade jetzt so ultimativ zerstritten hatten.

Sie wischte die Träne, die sich klammheimlich aus ihrem Auge gestohlen hatte, von ihrer Wange und kniff die Lippen zusammen. Offensichtlich dachte Nelly überhaupt nicht an Dina, sondern nur an ihre eigenen, im Grunde unwichtigen Probleme. Sie hatte sich also keinen Deut geändert.

Wütend schlüpfte Sarah in ihr Bett und zog sich die Decke bis zum Kinn. In Zukunft würde sie keine einzige Gehirnzelle mehr für Nelly opfern. Es hatte ja sowieso keinen Sinn, sich wegen ihr das Herz zu zernagen. Sie war egoistisch und dumm. Ja, dumm!

Es hätte alles so schön sein können mit ihnen dreien, den *Sardinen*. – Pah! *Sardinen*. Ihre Freundschaft hatte ja nicht einmal ein dreiviertel Jahr überdauert. Okay, was Dina betraf, sah die Sache natürlich ein bisschen anders aus. Bei ihr würde Sarah sich entschuldigen, gar keine Frage. Wenn ihr nur nichts passiert war …

Sarah wälzte sich von einer Seite auf die andere. Ein ultradicker Klotz drückte auf ihre Brust. Was sollte sie bloß tun? Du musst Dina finden, hämmerte es in ihrem Kopf. Aber allein der Gedanke daran, nachts alleine durch die Burg zu streifen, ließ ihr Herz galoppieren.

Außerdem war Rabea bestimmt bereits auf der Suche nach ihr. Und wahrscheinlich auch Herr und Frau Buchstedt. Vielleicht sogar Herr Kegel, der Hausmeister.

Was sollte Sarah also noch großartig tun? Sie hatte nicht die geringste Idee, wo Dina sich überhaupt verkrochen haben könnte.

Und so wälzte sie sich weiter hin und her, starrte abwechselnd gegen die Decke, die Wand oder auf ihren Wecker, bis ihr irgendwann die Augen vor Müdigkeit zufielen und sie in einen oberflächlichen Schlaf sank.

Irgendwann, mitten in der Nacht, schreckte sie zusammen. War da nicht ein Geräusch gewesen? Sarah hielt den Atem an und spitzte die Ohren. – Ja, es war ihre Tür, die leise zugedrückt wurde.

Sarah öffnete die Augen. Ganz vorsichtig und erst mal nur einen winzigen Spalt weit. Tatsächlich! Da war eine Gestalt, die leise und geduckt ins Zimmer huschte.

Sarah setzte sich auf. »Dina?«

Augenblicklich erstarrte die Gestalt zu Stein.

»Dina, bist du das?«, fragte Sarah noch einmal.

»Ja«, hauchte die Gestalt.

Sarah schlug die Decke zurück und machte Anstalten aufzustehen. Aber da hob Dina die Hand. »Bleib bloß liegen«, wisperte sie. »Ich will nich, dass Nelly aufwacht.«

»Wo bist du denn gewesen, Mensch?«, flüsterte Sarah. »Du hast ja keine Ahnung, was ich mir für Sorgen um dich gemacht habe.«

»Schsch«, erwiderte Dina kichernd. »Erzähl ich dir gleich.«

Sie huschte auf ihr Bett zu, zog sich aus und stieg in ihren Pyjama. Dann kam sie lautlos auf Sarah zugetappt. »Rutsch mal zur Seite«, befahl sie, und ehe Sarah sich versah, lag Dina bereits neben ihr.

»Uaah!«, flüsterte Sarah. »Du bist ja eiskalt.«

»Ich war ja auch in der Kühlkammer«, erwiderte Dina. »Mit Marvin. Wir haben 'ne ganze halbe Salami und voll das fette Stück Käse verdrückt. Echt. Und für uns habe ich zwei Dosen Sardinen mitgebracht. Als Versöhnungsessen.« Sie schmiegte sich an Sarahs

Schulter und kicherte wieder. »Du bist doch nicht mehr böse, oder?«

»Ich?«, fragte Sarah verwundert. »Wieso ich? *Du* hattest allen Grund sauer zu sein.«

»Ach Quatsch«, meinte Dina. »Es lag an uns beiden. An Nelly und an mir. Wir sind eben zu verschieden und gleichzeitig auch wieder zu gleich. Marvin hat mir das alles genau erklärt.«

So so, Marvin, dachte Sarah. Was ein bisschen Verknalltsein doch alles bewirken konnte!

»Er sagt, mein Problem is, dass ich immer sofort ausraste«, fuhr Dina fort. »Und womöglich hat er damit sogar recht.« Sie schlang ihren Arm um Sarahs Hals und drückte sich an sie. »Du hast ja keine Ahnung, wie glücklich ich bin.«

Sarah fand Dinas dramatischen Stimmungswechsel in der Tat kaum nachvollziehbar. Aber egal, Hauptsache, sie war wieder da und nicht mehr böse mit ihr.

»Es ist trotzdem nicht so einfach, wie du dir das vorstellst«, murmelte sie.

»Wieso?«

»Weil Nelly, nachdem du weg warst, noch total durchgedreht ist«, wisperte Sarah. Sie hob den Kopf und linste zu Nellys Bett hinüber, um ganz sicher zu sein, dass die auch tief und fest schlief. »Wir haben uns dermaßen gezofft, dass unsere Freundschaft wahrscheinlich nicht einmal mehr mit deinen Sardinen zu retten ist.«

»Nee, nee«, sagte Dina. »Das glaub ich nich. Echt.«

»Es wird dir kaum was anderes übrig bleiben«,

erwiderte Sarah betrübt, und dann erzählte sie der Freundin alles, was während deren Abwesenheit passiert war, und anschließend auch noch davon, was sie am Nachmittag mit Lorenzo erlebt hatte.

Dina staunte nicht schlecht.

»Da kannste ja glatt 'n Roman drüber schreiben«, meinte sie. »Von Lorenzo müssen wir Nelly natürlich erzählen«, sagte sie entschieden. »So weit kommt das noch, dass der sie einfach betrügen kann.«

»Tut er doch gar nicht«, entgegnete Sarah. »Er will sie überraschen. Außerdem hat er wegen des Turniers sowieso kaum Zeit für sie.«

»Aber für dich und den Piepmatz hatte er doch auch Zeit«, sagte Dina. »Nee, nee, so geht das nich. Echt.«

Eigentlich fand Sarah diese Einstellung völlig in Ordnung, wenn Dina nicht eine entscheidende Tatsache einfach so ausgeblendet hätte. »Du vergisst, dass wir verkracht sind«, erinnerte sie ihre Freundin. »Nelly wird gar nicht zuhören. Außerdem finde ich, dass sie es nicht anders verdient hat. Schließlich macht sie aus der *Drillie*-Geschichte auch ein tierisches Theater.«

»Das gewöhnen wir ihr ab«, murmelte Dina gähnend. »Gleich morgen ... Wirst schon sehen ...«

Und dann war sie plötzlich eingeschlafen.

Als Sarah die Augen aufschlug, malte das Sonnenlicht kleine flimmernde Kreise auf ihre Bettdecke. Es war gleißend hell um sie herum und einen Augenblick lang dachte sie, sie befände sich im Traumland, doch dann kapierte sie schlagartig, was los war.

Mit einem Ruck fuhr sie hoch. Die Vorhänge waren geöffnet. Die gelbe Überdecke auf Nellys Bett war glatt gezogen. Sarah starrte auf den Wecker. Es war Viertel vor neun.

»Dina, wir haben verpennt«, murmelte sie. Sie packte die schlummernde Freundin an der Schulter und rüttelte sie. »Dina! Wach endlich auf!«

Der schwarze Wuschelkopf erhob sich aus dem Kissen. Schlaftrunken blinzelte Dina sie an. »W-was is los?«

»W-i-r h-a-b-e-n v-e-r-s-c-h-l-a-fe-n!«, buchstabierte Sarah ihr eindringlich. Mit einem Satz war sie aus dem Bett und zog Dina die Bettdecke weg. »Los, mach schon. Frau Schnippzig dreht uns den Hals um.«

Stöhnend setzte Dina sich auf und rieb sich die Augen.

»Hat denn der Wecker nich geklingelt?«, fragte sie gähnend.

»Keine Ahnung«, erwiderte Sarah, während sie hastig in ihre Klamotten schlüpfte.

Waschen fiel in Anbetracht der dramatischen Lage aus. Und Frühstücken wohl auch.

»Wieso hat Nelly uns denn nich geweckt?«, murmelte Dina. Sie angelte sich den Wecker vom Nachttisch und betrachtete ihn eingehend.

»Was ist? Willst du ihn hypnotisieren?«, brummte Sarah. Sie fischte ihre Bürste aus der Kulturtasche und fuhr sich damit hastig durch die Haare. »Damit lässt sich die Zeit bestimmt nicht zurückstellen. Die Sache ist gelaufen.«

»Ja, ja«, sagte Dina. »Aber du hattest ihn gar nich gestellt.«

»Unmöglich«, erwiderte Sarah. Sie pfefferte die Bürste in die Tasche zurück und riss Dina den Wecker aus der Hand. – Und tatsächlich, sie hatte recht. Der Alarm war nicht aktiviert.

Sarah schüttelte den Kopf. War es möglich, dass sie es bei dem ganzen Trubel gestern Abend schlichtweg vergessen hatte? Nein! Bei diesen Funkdingern blieb die Weckzeit ganz automatisch eingestellt, solange man nichts daran änderte. Und das hatte Sarah nicht. Garantiert nicht. Somit gab es nur eine einzige Erklärung.

»Nelly war's«, murmelte Sarah und wurde blass wie ein Albinohase. »Sie *muss* es gewesen sein.«

»Quatsch«, sagte Dina, die mittlerweile ebenfalls vollständig angezogen war. Wirklich überzeugt klang sie allerdings nicht.

»Nelly ist ja manchmal eine Giftnudel«, murmelte Sarah. »Aber dass sie so gemein sein kann, hätte ich nicht gedacht.«

Vor Wut und Enttäuschung traten ihr die Tränen in die Augen. Doch für großes Herumgeheule war jetzt keine Zeit mehr. Wenn sie wenigstens noch fünf Minuten Deutschunterricht mitbekommen wollten, mussten sie sich beeilen.

Auf dem Gang kam ihnen Rabea entgegen.

»Mein Gott, da bist du ja!«, rief sie. Sie packte Dina bei den Schultern. »Wo, zur Hölle, bist du bloß die ganze Nacht gewesen?«

»Im Bett«, sagte Dina und zauberte sich eine Unschuldsmiene ins Gesicht. »Wieso?«

Rabea presste die Zähne aufeinander. »Willst du mich veräppeln?«, zischte sie. »Ich weiß genau, dass du nicht im Bett warst. Schließlich habe ich dich bis Mitternacht gesucht. Und dabei Kopf und Kragen riskiert.«

»Wieso?«, fragte Dina verwundert.

»Wieso?« Empört stemmte Rabea die Hände auf die Hüften. »Weil ich die Leitung nicht informiert habe. So wie ich dich kenne, bin ich einfach davon ausgegangen, dass du mit deinem Freund unterwegs bist oder dir einen dummen Scherz erlaubst.«

Dina senkte den Kopf.

»Ich habe mich bis in den frühen Morgen im Bett herumgewälzt und mit mir gekämpft«, erklärte Rabea weiter. »Anschwärzen ist nicht mein Ding. Aber es hätte dir ja auch was passiert sein können.« Sie biss sich auf die Lippen. »Ich darf gar nicht darüber nachdenken.«

Dina hob den Kopf und blickte Rabea gerade in die Augen. »Du bist total in Ordnung«, murmelte sie. »Echt.«

Rabea seufzte. »Versprich mir lieber, dass so etwas nicht mehr vorkommt.«

Dina schluckte. Sie linste kurz zu Sarah und nickte schließlich. »Okay.«

Rabea atmete auf und Sarah fragte: »Ich verstehe nicht, wieso du heute Morgen nicht gleich in unser Zimmer gekommen bist?«

Dina nickte. »Dann hätten wir nämlich auch nicht verpennt.«

Rabea zuckte die Schultern. »Ich hab ja selber verschlafen«, erwiderte sie. »Hab den Wecker einfach nicht gehört. Als ich aufwachte, war es bereits kurz vor acht. Ich bin sofort ins Schulgebäude rübergelaufen und hab in eure Klasse geschaut. Aber dort habe ich nur Nelly getroffen.« Sie verdrehte die Augen. »Doch dieses störrische Biest wollte mir einfach nichts sagen.«

Als Sarah und Dina vor ihrem Klassenraum ankamen, war die Deutschstunde gerade zu Ende und sie liefen geradewegs Frau Schnippzig in die Arme.

»Das wird ein Nachspiel haben«, sagte die junge Lehrerin, die normalerweise wirklich selten böse war, mit versteinerter Miene. »Das verspreche ich euch.«

»A-ber ...«, stammelte Sarah.

Was war das nur für ein turbulenter Schulstart! Wenn das so weiterging, musste man sie garantiert demnächst mit einem Nervenzusammenbruch im Krankenturm einliefern.

Glücklicherweise ließ Dina sich nicht so leicht einschüchtern. »Wir haben verschlafen«, sagte sie mit klarer Stimme. »Das kann ja mal passieren. Sarahs Wecker hat nich geklingelt.«

Frau Schnippzig hob die Augenbrauen. »Und deiner wohl auch nicht, hm?« Sie schüttelte den Kopf. »Was für ein merkwürdiger Zufall.«

»Ich hatte vergessen, ihn zu stellen«, erwiderte Dina, was ja irgendwie sogar der Wahrheit entsprach.

Doch natürlich glaubte die Deutschlehrerin ihnen nicht. »Nelly hat mir was ganz anderes erzählt«, sagte sie.

Sarah guckte Frau Schnippzig ungläubig an. »Wa-was denn?«, stammelte sie.

»Die Wahrheit, natürlich«, erwiderte die Lehrerin. »Und die kennt *ihr* ja wohl am besten.«

Dina öffnete den Mund. »Aber Nelly hat ...«, presste sie hervor. Dann brach sie ab.

»Nelly hat was?«, hakte Frau Schnippzig sofort nach.

»Ach, nix«, murmelte Dina. Sie fasste Sarah am Handgelenk. »Komm«, sagte sie, »es hat ja eh keinen Sinn«, und zog sie in den Klassenraum.

»Wie ihr meint«, hörten sie die Deutschlehrerin noch sagen, und Sarah war sich nicht sicher, ob es klug war, Frau Schnippzig einfach so stehen zu lassen. Doch Dina meinte, dass es sowieso nicht mehr schlimmer werden könne.

»Ich will es von Nelly selber hören«, raunte sie Sarah zu. »In der großen Pause schnappen wir sie uns.«

Sie ließ sich auf ihren Platz neben Marvin plumpsen und schmiegte sich an ihn, während Sarah mit zugeschnürtem Hals und einem entsetzlichen Gefühl im Bauch auf ihren Stuhl neben Nelly zusteuerte.

»Du bist so gemein!«, zischte sie, nachdem sie sich gesetzt hatte.

Nelly warf den Kopf zurück und rutschte demonstrativ von ihr weg.

Dann kam Herr Knoche mit seinen seltsam federnden, langen Schritten in den Raum und der Erdkundeunterricht begann. Diesmal machte der Knochen, wie der Lehrer von den Schülern genannt wurde, einen Riesenschlenker von Europa nach Asien.

»Ausnahmsweise«, verkündete er, während er die Weltkarte aufzog und mit dem Zeigestock auf Thailand losstocherte. »Wir haben nämlich eine neue Mitschülerin.«

Sofort wanderten sämtliche Augenpaare zu Sonia hinüber, die heute mit einer verwaschenen Jeans und einem einfachen weißen T-Shirt bekleidet war. Mit eingezogenem Kopf lächelte sie ungewohnt schüchtern in die Runde. Doch dann stellte sich heraus, dass der Knochen sie gar nicht gemeint hatte.

»Amy Too kommt nämlich aus diesem Teil der Erde«, sagte er und klopfte nun ungeduldig mit dem Stock auf dem Tisch herum, an dem Frederik und Nils saßen. »Amy Too? Where are you?«

»Sie ist hier«, sagte Sonia. »Auf dem Boden. Ich glaube, sie hat Angst.«

»Papperlapapp!«, dröhnte der Erdkundelehrer. »Hier passiert ihr doch nichts.«

Er federte auf Sonias Tisch zu und befahl: »Amy Too, stand up at once!«, und fugte anschließend noch ein etwas sanfteres »Please« hinzu.

»Wenn Sie sie so anbrüllen, ist es doch kein Wunder, dass sie sich fürchtet«, sagte Marvin.

»Das, mein Junge, überlass doch bitte mir«, donnerte Herr Knoche.

Unterdessen beugte Sonia sich zu Amy Too herunter und flüsterte ihr etwas zu. Sie hielt ihr ihre Hand entgegen, die das thailändische Mädchen nach kurzem Zögern ergriff. Und dann kamen allmählich auch ihr Gesicht und ihr Oberkörper zum Vorschein. Ängstlich blickte sie in die Runde.

»We are very afraid, that you are here«, platzte Nils heraus.

Amy Too riss erschrocken die Augen auf. Einige fingen an zu lachen.

»Das heißt enjoyed«, stellte Marvin richtig. »Amy Too, we all are very enjoyed that you are in our classroom now. Afraid heißt nämlich ängstlich«, fügte er an Nils gerichtet hinzu.

»Afraid ... Ha!« Frederik klatschte seine Hand so schwungvoll auf den Tisch, dass ihm fast die Brille von der Nase rutschte. »Lern mal Englisch, Kollege!«

Nils tomatete und Herr Knoche, der mittlerweile wieder zur Karte spaziert war, polterte: »Ruhe jetzt! Wir haben schließlich keinen Englischunterricht, sondern Geografie.«

Er schlug seine Hacken zusammen und drehte den Zeigestock schwungvoll im Kreis herum. »Wie ihr alle wisst, ist Amy Too vor einigen Monaten mit ihren Eltern von Bangkok nach Deutschland geflüchtet. Unsere Gesetzeslage ließ es jedoch nicht zu, ihnen eine Aufenthaltsgenehmigung zu geben.«

»Wir haben keine Politik!«, meldete sich Frederik zu Wort. »Sondern Erdkunde.«

»Ja, ja«, erwiderte Herr Knoche ungeduldig. »Manchmal fließen die Dinge eben ineinander. Diesbezüglich darf man nicht immer so kleinkariert sein … Äh ja …« Er fixierte die Spitze des Zeigestocks, die gerade zu Boden zeigte. »… wo waren wir nochmal stehen geblieben?«

»Ich glaube, in Bangkok«, meldete Sarah sich zu Wort. »Das ist die Hauptstadt von Thailand und von dort aus ist Amy Too …«

»Erstklassig, Fräulein Wieder – äh, Wiedener«, unterbrach der Erdkundelehrer sie. »Eins, setzen!«

»Aber sie sitzt doch schon die ganze Zeit«, meinte Marvin grinsend.

Doch Herr Knoche, der inzwischen sein Notenbuch gezückt hatte, schüttelte nur unwillig den Kopf. »Das steht überhaupt nicht zur Debatte.« Mit gerunzelter Stirn notierte er etwas, blätterte dann ein wenig hin und her und meinte schließlich. »Womit wir dann jetzt endlich fortfahren können …«

Noch während der Erdkundestunde kam die Durchsage, dass Sarah und Dina sich gleich in der großen Pause im Büro des Direktors einfinden sollten. Sarah bemerkte den triumphierenden Seitenblick, den Nelly zu ihnen hinüberwarf.

»Nelly ist eine richtige blöde Kuh«, brummte Dina, als Sarah ihr davon erzählte.

Die Freundinnen rannten die Treppe hinunter und liefen mit klopfenden Herzen auf den Bürotrakt zu. Frau Kasewinkel, die Sekretärin, war wie immer ziemlich aufgetakelt. Sie trug ein kniekurzes, quietschgrünes Kleid und orangefarbenen Lippenstift, den sie ein wenig übergemalt hatte, wohl damit ihre Lippen etwas voller wirkten.

»Direktor Gripsholm erwartet euch bereits«, sagte sie und musterte die beiden Mädchen unter dem Rand ihrer Wespenbrille hinweg mit strengem Blick. »Was habt ihr nur wieder angestellt?«

Wieder? – Die Sekretärin tat ja fast so, als ob sie dauernd zum Direktor gerufen wurden.

Dina zuckte bloß die Schultern, während Sarah sich jeden Kommentar verkniff und zaghaft an Gripsys Tür klopfte.

»Herein!«, ertönte die klare tiefe Stimme des Schulleiters.

Zögernd schoben Sarah und Dina sich in sein Büro. Herr Gripsholm bedeutete ihnen, sich zu setzen.

»Das klingt ja nicht sehr berühmt, was ich da von Frau Schnippzig gehört habe«, begann er.

Sarah schluckte. Bisher hatte sie sich in seiner Gegenwart immer behütet und verstanden gefühlt. Nun war es anders. Fast genau das Gegenteil.

Der große Mann mit dem kantigen Gesicht und dem grauen Bürstenhaarschnitt, der heute wieder einmal seinen grauen Anzug mit dem Fischgrätenmuster trug, musterte sie mit bewegungslosem Gesicht. Sarah meinte sogar, echte Enttäuschung in seinen Augen erkennen zu können, und senkte sofort den Blick.

Dina war es, die zu reden anfing. »Wir haben verschlafen«, sagte sie. »Ich habe einfach vergessen, meinen Wecker zu stellen, und Sarahs hat nicht geklingelt.« Sie hob die Schultern. »Keine Ahnung, wieso.«

»Aber ihr seid doch zu dritt auf dem Zimmer, nicht wahr?«, erwiderte der Schulleiter.

Sarah nickte. »Nelly hat uns auch nicht geweckt«, presste sie leise hervor.

Direktor Gripsholm nickte. »Dann darf ich wohl davon ausgehen, dass ihr euch im Augenblick nicht so gut versteht?«

Diesmal nickte Dina. »Wir haben voll den Stress mit Nelly«, platzte sie heraus. »Echt. Und jetzt hat sie uns sogar noch bei der Schnippzig verpetzt.«

Der Schulleiter schürzte die Lippen. »Tja«, meinte er. »Das ist natürlich eine ziemlich problematische Situation. Für euch.« Er seufzte leise. »Für mich allerdings auch. Denn soweit ich gehört habe, hat eure Zimmergenossin Frau Schnippzig auch noch etwas anderes erzählt. Nämlich, dass ihr die halbe Nacht nicht im Zimmer gewesen seid.«

Dina schluckte und schaute zu Boden. Auch Sarah konnte Herrn Gripsholm nicht angucken, sondern ließ ihren Blick über die Kunstdrucke, die an der Wand hinter ihm hingen und Fische in allen nur denkbaren Variationen darstellten, streifen.

Was war das nur für ein ätzendes Spiel, das Nelly da trieb? Verstohlen linste sie zu Dina hinüber. Ob die jetzt wohl klarstellte, wie es wirklich gewesen war? Konnte Sarah das überhaupt erwarten? Immerhin würde sie damit Rabea, die die Verantwortung über den Mädchentrakt hatte, auch noch mit reinreißen – was eigentlich völlig unmöglich war, nachdem Rabea sich ihr gegenüber so fair verhalten hatte.

»Nun?«, fragte Direktor Gripholm nach einer Weile Schweigen. »Habt ihr mir dazu denn gar nichts zu sagen?«

Sarah versuchte ihn anzuschauen, doch als ihr Blick seine offenen blauen Augen traf, glitt er gleich wieder weg. Dina räusperte sich und holte einmal tief Luft.

»Hätten hätten wir schon«, krächzte sie. »Doch leider können wir nich.«

»So?« Der Schulleiter beugte sich ihnen entgegen. »Dann muss ich daraus wohl schließen, dass ihr euch schuldig bekennt.«

Dina schüttelte heftig den Kopf. »Müssen müssen Sie das nich«, erwiderte sie leise. »Könnte ja auch sein, dass Nelly nich direkt die Wahrheit gesagt hat. Um uns eins auszuwischen, sozusagen.«

»Hm?« Direktor Gripsholm lehnte sich wieder zurück und musterte die Mädchen nachdenklich. »Das heißt, ich werde die Wahrheit jetzt nicht erfahren.«

Dina hob die Schultern. »Vielleicht sogar nie.«

»Aber ignorieren kann ich die Sache ja wohl auch nicht«, sagte der Schulleiter. Dann sprach er Sarah direkt an. »Was ist denn mit dir? Bist du der gleichen Ansicht wie deine Freundin?«

Sarah sah ihn kurz an und nickte schnell.

»Nun ja ...« Der Direktor faltete die Hände und nickte. »Dann kann ich im Augenblick wohl auch nichts tun ...«

Sarah und Dina atmeten erleichtert auf.

»Aber ...«, fuhr er fort, »der Fall ist für mich noch

nicht erledigt. Ich werde mir etwas einfallen lassen, das verspreche ich euch.«

Auf dem Rückweg zum Klassenraum liefen die Mädchen fast Alex und Amy Too über den Haufen, die ihnen an der Ecke zum Bürogang entgegenkamen.

»Oh, hallo«, sagte Alex. »Wo kommt ihr denn her?«

»Ach bloß aus'm Sekretariat«, entgegnete Dina bereits, bevor Sarah etwas erwidern konnte. »Und ihr? Wollt ihr etwa zu Frau Kasewinkel?«

»Nee«, sagte Alex. »Zu Gripsy höchstpersönlich. Die Zimmerfrage ist nämlich noch nicht geklärt.«

»Ach so«, meinte Sarah. »Wegen Amy Too.« Sie lächelte ihrer neuen Klassenkameradin aufmunternd zu. »Sie könnte ja mit Sonia zusammenziehen. Im Unterricht sitzen sie schließlich auch schon nebeneinander.«

»Wieso kümmert sich eigentlich nich die Buchstedt darum?«, wunderte Dina sich. »Immerhin is die doch die Internatsleiterin.«

»Schon«, sagte Alex und zuckte die Schultern. »Aber Direktor Gripsholm hat die Vormundschaft für Amy Too übernommen. Er ist sozusagen direkt für sie verantwortlich.«

Alles klar. Sarah nickte. »Ja, dann«, murmelte sie.

Sie fand es wirklich süß, wie Alex sich um seine thailändische Freundin kümmerte. Zum hundertsten Mal ertappte sie sich bei der Überlegung, wie es wohl wäre, wenn es Amy Too nicht gäbe und sie mit Alex zusammen sein könnte. Aber dann sah sie plötzlich Lorenzos dunkle Augen vor sich und das helle Blitzen seiner Zähne, wenn er sie anlächelte. Lorenzo war total nett, und plötzlich konnte Sarah überhaupt nicht mehr verstehen, was er an Nelly fand. Okay, sie war wirklich ausgesprochen hübsch, sie konnte gut reiten und sie hatte einen berühmten Vater. Aber ansonsten war sie doch nichts weiter als eine falsche Schlange.

Sarah war richtig erschrocken über diesen Gedanken. Immerhin war Nelly eine *Sardine* und vor einigen Stunden noch neben Dina ihre beste Freundin gewesen. Das konnte sich doch nicht so schnell geändert haben. – Oder?

Sardinentrouble

»Na, ihr zwei«, wurden Sarah und Dina von Hausmeister Kegel begrüßt, der gerade, als sie eine halbe Stunde nach dem Mittagessen die Eingangshalle der *Sardinenburg* betraten, aus dem neuen Jungentrakt kam. »Was macht ihr denn für trübsinnige Gesichter?«

»Wir haben Krach mit Nelly«, sagte Sarah und blickte den kleinen, rundlichen Mann mit der Stirnglatze schulterzuckend an. »Sie sehen aber auch nicht gerade fröhlich aus.«

»Tja, weißt du«, erwiderte Herr Kegel. »Mir macht die Arbeit ohne Christopherus eben nur halb so viel Spaß. Vor allem, weil ich weiß, dass er so alleine in seinem Käfig auch nur Trübsal bläst.«

»Der Buchstedt is wirklich blöd«, sagte Dina.

Der Internatsleiter hatte den Papagei noch nie leiden können, was offenbar auf Gegenseitigkeit beruhte, denn vor den Sommerferien hatte Christopherus ihn mit seinem Schnabel in die Nase gekniffen. Daraufhin hatte Herr Buchstedt dem Hausmeister verboten, den Vogel weiterhin auf seiner Schulter durch die Burg zu tragen.

»Na ja …« Jetzt war es Herr Kegel, der die Schultern hob. »Was soll ich denn machen? Ich bin hier ja nur angestellt.«

»Das sind die Buchstedts doch auch«, erwiderte Dina.

»Und wenn schon«, meinte der Hausmeister. »Sie haben den verantwortlicheren Posten, und nach dem, was Christopherus sich geleistet hat, kann ich heilfroh sein, wenn Herr Buchstedt ihn nicht für allgemeingefährlich erklärt.«

»Allgemeingefährlich, ts!« Dina tippte sich an die Stirn und auch Sarah schüttelte den Kopf. »Wir alle lieben Christopherus«, sagte sie. »Und wir vermissen ihn total.«

»Dann besucht ihn doch mal«, schlug Hausmeister Kegel vor. »Er wird sich bestimmt freuen.«

Die Mädchen versprachen es, verabschiedeten sich und rannten anschließend den Gang des Südflügels entlang, bis zu ihrem Zimmer. Als sie die Tür öffneten, traf sie fast der Schlag. Der XXL-Supersize-Samsonite lag aufgeklappt auf dem Fußboden und Nelly war gerade dabei, ihren Schrank auszuräumen.

»W-was is denn jetz los?«, stieß Dina hervor.

Nelly sagte keinen Mucks. Sie tat einfach so, als ob

sie Sarah und Dina überhaupt nicht bemerkt hätte, knautschte ihre Klamotten in die Taschen und machte sich anschließend an ihrem Schreibtisch zu schaffen.

»Ich glaub, die zieht aus«, sagte Dina ungläubig.

Sarah wäre am liebsten auf Nelly zugesprungen, um sie ordentlich durchzurütteln, doch die Mauer zwischen ihnen war einfach zu hoch, zu dick und zu undurchdringlich. Sarah konnte nicht einmal heulen, obwohl ihre Augen teuflisch brannten und ihr verdammt danach zu Mute war. Mit blassem Gesicht, zitternden Knien und zugeschnürtem Hals ließ sie sich auf ihr Bett sinken und starrte wortlos zu Nelly hinüber.

Die kippte den Inhalt ihrer Schreibtischschubladen in einen Karton, räumte in Windeseile ihr Regal aus, packte drei Taschen auf einmal und raste mit hoch erhobenem Kopf auf die Tür zu.

»Kann ich dir helfen?«, fragte Dina.

Nelly beachtete auch diese Frage nicht, sondern ließ eine der Taschen zu Boden poltern und griff nach der Klinke. Doch bevor sie die Tür öffnen konnte, schob Dina sich blitzschnell dazwischen.

»So einfach geht's nich. Echt.«

»Geh da weg!«, fauchte Nelly.

»Tu ich nich«, erwiderte Dina seelenruhig. »Erst sagste uns, wasde dir dabei gedacht hast, uns bei der Schnippzig anzuschwärzen?«

»Hau ab!«, keifte Nelly mit wutverzerrtem Gesicht. »Dir hab ich gar nichts zu sagen. Ihr seid es nicht wert!«

Sarah wurde schwindelig, so weh tat dieser Satz in

ihrer Brust. Dann platzte ihr der Kragen. Sie sprang vom Bett auf und lief auf Nelly zu. »Jetzt erzähl mal nicht so einen Mist!«, wetterte sie. »Du bist doch selber schuld, wenn …«

Nelly wirbelte herum und funkelte sie feindselig an. »Ich bin an gar nichts schuld. Ist das klar!? *Ich* habe nicht angefangen! Wenn du mir nicht vertraust, obwohl ich deine Freundin bin … war, dann …«

»… dann hau doch ab!«, brüllte Dina. Sie stieß Nelly zur Seite und riss die Tür sperrangelweit auf. »Na, mach schon! Ich bin jedenfalls froh, wenn ich deine dumme Visage nich mehr sehen muss. Echt!«

Nelly griff sich die dritte Tasche, raste durch die Tür und blieb mit ihrem ganzen Gepäck mitten im Rahmen stecken.

»Tja, so is das eben, wenn man mit dem Schädel durch die Wand will«, höhnte Dina. »Aber ich bin ja nich so. Ich helf dir sogar nochmal.«

Und dann stemmte sie sich mit aller Kraft gegen Nellys Rücken, bis die ihre Taschen losließ und jammernd im Gang auf dem Boden zusammenbrach. Dina verpasste den Taschen noch ein paar Fußtritte, bis sie ebenfalls aus dem Zimmer gerutscht waren, und knallte die Tür zu.

»Du bist ja wahnsinnig«, sagte Sarah. »Du hättest ihr die Knochen brechen können.«

»Na und«, brummte Dina. Dann fielen die beiden Mädchen einander heulend in die Arme.

Nelly kam nicht wieder. Ihr restliches Gepäck blieb einfach in ihrer Zimmerecke liegen. Sarah und Dina hockten sich eng aneinander gekuschelt auf Sarahs Bett. Sie heulten noch eine Weile, irgendwann starrten sie nur noch stumm auf Nellys Koffer. Dina war die Erste, die ihre Stimme wiederfand. »Wo sie wohl hin is?«

Sarah zuckte die Schultern. Ihr Blick wanderte zu ihrem Wecker hinüber und plötzlich kam wieder Leben in ihren Körper.

»Verdammt nochmal, ich muss los!«, rief sie. Sie rutschte vom Bett und schlüpfte in ihre Turnschuhe. »Lorenzo wartet auf mich. Wir müssen doch nach dem kleinen Vogel schauen.«

Dina nickte und seufzte.

»Willst du nicht mitkommen?«, schlug Sarah vor.

Dina überlegte. »Ich bin nachher noch mit Marvin verabredet«, sagte sie. »Außerdem will ich die Hausaufgaben nicht schon wieder abends machen.«

Sarah zuckte die Achseln. »Muss ich doch auch. Und jetzt, wo Nelly nicht mehr da ist, stört uns auch das Gedudel ihres Vaters nicht mehr.«

»So dudelig find ich die Musik von seiner Gruppe gar nich«, erwiderte Dina.

Sarah senkte den Kopf.

»Und wer weiß«, fuhr Dina fort, »vielleicht kommt Nelly ja wieder zurück. Immerhin hat Frau Buchstedt da auch noch ein Wörtchen mitzureden.«

»Du willst also hierbleiben und abwarten, was passiert?«, vergewisserte sich Sarah und ging schließlich, als Dina nickte, allein zum Reiterhof.

»Sarah, wie schön, dass du dich mal wieder hier blicken lässt«, wurde sie von Frau Schirmeck begrüßt.

»Ich bin mit Lorenzo verabredet«, sagte Sarah schnell.

Die Besitzerin des Reiterhofs machte ein enttäuschtes Gesicht. »Und ich dachte schon, du willst wieder Stunden nehmen«, erwiderte sie. »Nelly ist ja nach wie vor eifrig dabei.«

»Nelly ist auch viel talentierter als ich«, meinte Sarah abwinkend.

»Ach, das würde ich so nicht sehen«, sagte Frau Schirmeck. »Guck dir doch nur Lorenzo an. Wie der sich gemacht hat!« Sie nickte Sarah freundlich zu. »Überleg es dir halt nochmal. Ich würde mich jedenfalls freuen.«

Ein wenig irritiert lief Sarah weiter. Eigentlich hatte sie die Reiterei abgehakt. Sie hatte damals ja ohnehin nur Nelly zuliebe den Kurs gemacht. Aber dann fing auch noch Lorenzo, der ihr bereits entgegenkam, an, sie zu bequatschen. »Was Reittalent angeht, hat meine Tante sich noch nie geirrt. Man sagt, sie habe ein Auge dafür.«

»Man?«, erwiderte Sarah. »Wer ist man?«

»Na ja, die Leute aus der Branche eben«, sagte Lorenzo. »Fachleute.« Lächelnd stupste er sie an. »Ich fänd's übrigens auch klasse. Dann würden wir uns noch öfter sehen.«

Noch öfter? Sarah wurde ganz schwummerig im Kopf.

»Wieso denn noch öfter?«, fragte sie rau.

»Ach, nur so«, meinte Lorenzo. »Und jetzt komm. Lass uns nach unserem Baby gucken.«

Nach unserem Baby? Sarah spürte, wie ihr das Blut in die Birne schoss. Der war ja total übergeschnappt, der Kerl. Aber nett war er schon.

»Wer zuerst da ist?«, fragte Lorenzo und zwinkerte ihr zu.

Was sollte das denn schon wieder bedeuten? Sarah blieb jedoch keine Zeit zum Fragen, denn er war bereits losgerannt und sie musste sehen, dass sie hinterherkam.

Einige Meter vor der Stelle, an der sie das Körbchen in den Baum gehängt hatten, blieb Lorenzo plötzlich stehen. Sarah stoppte ebenfalls. Sie war völlig außer Atem.

»He, warum läufst du nicht weiter?«, fragte Lorenzo, dem der Spurt kaum etwas ausgemacht zu haben schien.

»Wieso?«, fragte Sarah verwundert. »Du bist doch auch stehen geblieben.«

Lorenzo hob die Schultern und grinste.

Der wollte mich gewinnen lassen, dachte Sarah. So was Albernes! Aber irgendwie fand sie es auch süß. Sie wusste nicht, was sie sagen oder tun sollte, und hatte außerdem schon wieder mit dem Rotwerden zu kämpfen. Glücklicherweise ging Lorenzo einfach weiter.

»Da oben ist es«, sagte er plötzlich und deutete auf das Körbchen, das noch immer an seinem Zweig hing und im Wind leise hin und her schaukelte.

»Am besten wir behalten es noch eine Weile im

Auge«, schlug Lorenzo vor, und so hockten sie sich schräg gegenüber hinter einem Busch ins Moos und beobachteten alles, was um den kleinen Vogelkorb herum geschah.

»Sieht eigentlich ziemlich gemütlich aus«, fand Sarah.

Lorenzo nickte. »Wie eine komfortable Hängematte.«

Sarah seufzte leise. So ein Bett im Grünen, in dem man friedlich alleine vor sich hin baumeln konnte, kam ihr tatsächlich sehr verlockend vor. Einen Moment lang dachte sie darüber nach, ob sie Lorenzo von dem Hickhack mit Nelly erzählen sollte, aber sie verwarf diese Idee dann wieder. Nelly war Lorenzos Freundin. Er sollte keinen dummen Eindruck von ihr bekommen, sondern sich selber eine Meinung über sie bilden können. Jedenfalls wollte Sarah nicht schuld daran sein, wenn es zwischen den beiden kriselte. Und irgendwie war sie ja sogar ganz froh, dass sie sich nun mit Lorenzo treffen konnte, ohne ein schlechtes Gewissen haben zu müssen. Solange sie Streit hatten, brauchte sie Nelly nichts davon zu erzählen, dass er auf dem Reiterhof war und sich auf sein Turnier vorbereitete.

»Ich glaube, da passiert nichts«, sagte Lorenzo nach einer Weile. Er warf einen Blick auf seine Sportuhr. »Wir sitzen schon fast zwanzig Minuten hier und kein einziger Vogel hat das Körbchen angeflogen. Ich schau jetzt mal nach, ob der Kleine überhaupt noch da ist.«

»Noch da ist?« Sarah schluckte. »Ja, wieso denn nicht?«

Lorenzo rappelte sich auf die Füße und hielt ihr die Hand hin, an der sie sich nach kurzem Zögern ebenfalls hochzog.

»Ein Bussard könnte ihn sich geholt haben. Oder ein Marder.«

»Die klettern auf Bäume?«, fragte Sarah erstaunt.

»Ich weiß nicht genau«, erwiderte Lorenzo.

Er rannte auf die Buche zu, erklomm den untersten Ast und kletterte flink und sicher auf das Körbchen zu. Sarah faltete die Hände und schaute mit klopfendem Herzen zu ihm hinauf. Als er den Korb abnahm und hineinspähte, hielt sie den Atem an.

Lorenzo nickte und lächelte. »Alles klar!«, rief er. »Er ist noch da und scheint mächtig Hunger zu haben.«

»Und was machen wir jetzt?«, fragte Sarah aufgeregt.

»Wir bringen ihn zu mir«, sagte Lorenzo, während er langsam zu ihr herunterstieg. »Wenn du nichts dagegen hast …«

Natürlich hatte sie das nicht. Sie lief auf Lorenzo zu und nahm ihm das Körbchen ab. Der kleine Vogel reckte seinen Kopf hervor und riss den Schnabel sperrangelweit auf.

»Und womit füttern wir ihn?«

»Mit Fliegen, Haferbrei, Ameiseneiern und so 'nem Zeug«, sagte Lorenzo. »Hab ich gestern Abend alles noch im Internet nachgeschaut.« Er legte seinen Arm um Sarahs Schulter und klopfte sie sanft. »Wir kriegen ihn schon groß. Ganz bestimmt.«

Dina wartete bereits in der Eingangshalle auf sie. Sie lehnte Arm in Arm mit Marvin an der großen Eichentruhe und sah ziemlich fertig aus. Als sie Sarah erblickte, kam sie sofort auf sie zu.

»Mensch, du glaubs ja gar nich, was passiert is!«, rief sie aufgeregt.

Sarah spürte, wie sie blass wurde. »Was denn?«

»Die ultimative Katastrophe. Echt«, sagte Dina und fiel ihr heulend in die Arme.

»Jetzt sag nicht, Direktor Gripsholm verweist uns von der Burg«, stieß Sarah hervor.

Das war nämlich so ziemlich die »ultimativste« Katastrophe, die sie sich vorstellen konnte.

»Quatsch«, schniefte Dina. »Es is wegen Nelly. Sie is jetz mit Amy Too zusammen in einem Zimmer.«

Okay, dachte Sarah, das war zwar blöd, aber keineswegs das Ende der Welt. Zumindest wäre es für sie kein Grund, gleich eimerweise Tränen zu vergießen, so wie Dina das gerade tat.

»Sooo schlimm ist das doch gar nicht«, sagte sie also und strich der Freundin tröstend über den Rücken. »Amy Too und Nelly werden sich bestimmt gut verstehen. Und vielleicht können wir dann …«

Doch Dina ließ sie nicht ausreden. »Du has ja keine Ahnung, wer dafür zu uns kommt«, presste sie heraus.

Das stimmte! Daran hatte Sarah verrückterweise noch gar nicht gedacht. Und bei genauerer Überlegung gab es da eigentlich nur eine einzige Möglichkeit.

»Doch nicht etwa Sonia?«

Dina hob ihren Kopf von Sarahs Schulter und nickte. »Volltreffer!«, jaulte sie. »Dir is doch wohl klar, was das bedeutet?«

Allerdings! Jetzt war wirklich alles aus. Dass die Erzfeindin nun mit ihnen in einem Zimmer wohnte, würde Nelly ihnen garantiert nie verzeihen. Auch wenn sie überhaupt nichts dafür konnten. Genau betrachtet war alles ganz allein Nellys Schuld.

»Wir müssen mit ihr reden«, sagte Sarah. »Und zwar jetzt gleich. Bevor wirklich alles zu spät ist.«

Dina klammerte sich verzweifelt an Sarahs T-Shirt fest. »Sie wird es nich einsehen«, erwiderte sie. »Sie wird uns gar nich zuhören.«

Sarah befürchtete, dass Dina recht hatte. Sie schaute zu Marvin hinüber, der immer noch an der Truhe lehnte. Er zuckte nur mit den Schultern.

»Ich würde mir ja gar nicht so einen Kopp darum machen«, meinte er. »Nach dem, was Dina mir erzählt hat, hat Nelly eure Freundschaft gar nicht verdient. Sie ist doch diejenige, die euch wehgetan hat. Warum soll sie jetzt nicht auch ein bisschen leiden?«

Doch so einfach war die Sache nicht.

»Wir leiden ja wohl auch«, sagte Dina empört. »Immerhin müssen wir jetzt mit dieser abscheulichen Sonia in einem Zimmer wohnen.«

»Und wenn sie gar nicht so abscheulich ist?«, wandte Marvin ein.

»Pah!«, schnaubte Dina. »Sie ist eine Angeberin! Sie kommt sich vor wie … wie … die Kaiserin von Superinien. Außerdem kann Nelly sie nicht ausstehen!«

»Ja, und warum nicht?«, erwiderte Marvin. »Doch bloß, weil sie neidisch ist.«

Sarah und Dina sahen sich an und schluckten. Im Prinzip hatte Marvin völlig recht. Andererseits stand diese Überlegung im Moment gar nicht zur Debatte. Es ging einzig und allein darum, die *Sardinen* zu retten. Alles andere war Nebensache. Zumindest erst einmal.

Sarah und Dina gaben den ganzen Abend über keinen einzigen Ton mehr von sich. Dina schnappte sich ein Buch und kroch bis zum Kinn unter ihre Decke, während Sarah ihre Hausaufgaben erledigte, so gut es ging. Immer wieder schielte sie heimlich zu Sonia hinüber, die ebenfalls schweigend ihre Sachen einräumte und anschließend ihr Bett bezog. Manchmal seufzte sie leise und Sarah spürte geradezu, dass auch Sonia immer wieder zu ihr oder Dina herüberschaute.

Um kurz vor halb Neun quälte Dina sich aus dem Bett und bepackte sich mit ihrem Waschzeug. Sarah schlug das Erdkundebuch zu und beeilte sich ihr hinterherzukommen.

»Irgendwie tut sie mir leid«, flüsterte sie, nachdem sie die Zimmertür hinter sich geschlossen hatten.

»Mir nich«, brummte Dina.

»Aber stell dir nur mal vor, du wärst mit zwei Mädchen in einem Zimmer zusammen, die nicht mit dir sprechen und die dich offensichtlich nicht richtig leiden können«, sagte Sarah.

»Na und?« Dina stieß die Tür des Waschraums auf und peilte gleich das erste Becken an. »Ich brauch mir das nich vorzustellen. Ich weiß ganz genau, wie das is, wenn keiner mit einem redet. Immerhin is mir das hier am Anfang genauso gegangen.«

»Eben«, sagte Sarah.

Sie knallte ihre Kulturtasche auf die Ablage unter dem Spiegel und öffnete geräuschvoll den Reißverschluss. Wie konnte Dina nur so verbohrt sein! Aber vielleicht war sie einfach bloß so aufgebracht wegen Nelly, dass sie keine Lust hatte, sich über Sonia Gedanken zu machen. »Vielleicht sollten wir mal mit Rabea drüber reden«, murmelte sie, während sie den Rest aus ihrer Zahnpastatube auf ihre Zahnbürste drückte.

Dina nickte. »Ja, vielleicht.«

Und mit Nelly, dachte Sarah. Obwohl das im Moment wohl vollkommen sinnlos war. Trotzdem wollte sie die Hoffnung nicht aufgeben. Die Zeit heilt alle Wunden, sagte Oma immer. Die Zeit ließ also auch böse Worte und dumm dahergeredete Sätze vergessen. Oder wenigstens verzeihen.

Sarah hatte Nelly bereits fast verziehen, dass sie ihren Wecker verstellt und sie dann auch noch bei Frau Schnippzig angeschwärzt hatte. Obwohl das wirklich eine Ungeheuerlichkeit war. Andererseits kannte sie Nelly und wusste, wozu sie in ihrem Zorn imstande war. Geredet werden musste aber trotzdem. Da führte kein Weg dran vorbei. Entschlossen putzte Sarah sich die Zähne zu Ende, fuhr sich mit dem Waschlappen durchs Gesicht und bürstete anschließend ihre Haare gründlich durch.

»Fertig?«, brummte Dina, die schon eine Weile mit

unter den Arm geklemmtem Waschzeug herumgestanden hatte.

Sarah nickte. Dina war als Erste bei der Tür. Doch just als sie die Klinke anfassen wollte, wurde die Tür bereits von außen aufgedrückt. Es war Sonia.

Für eine Sekunde standen alle drei wie erstarrt. Dann senkte Dina den Kopf und quetschte sich an ihr vorbei auf den Gang hinaus. Sarah guckte Sonia genau in die Augen. Sie wollte es nicht. Es ergab sich eben einfach so. Erschrocken wandte sie ihren Blick ab und rannte hinter Dina her.

»Irgendwas war anders mit ihr«, murmelte sie.

Dina schleuderte ihr Waschzeug ins oberste Schrankfach und schaute Sarah verwundert an. »Wie anders? Wie meinst du das?«

»Ich weiß auch nicht«, sagte Sarah. Sie kroch unter ihre Decke und kuschelte sich ins Kopfkissen. »Der Ausdruck in ihren Augen ... also die Art und Weise, wie sie geguckt hat, der war ganz anders als vorher.«

»Ach«, erwiderte Dina. »Das bildest du dir doch bloß ein. Außerdem kann jeder mal anders gucken. Und wenn sich einer einschleimen will, dann guckt er eben freundlicher.«

Wahnsinnspläne

Freundlicher war nicht unbedingt das, was Sarah meinte. Für einen kurzen Augenblick hatte sie das Gefühl gehabt, einem völlig fremden Mädchen gegenüberzustehen. Aber das war ja Blödsinn. Sonia war Sonia. Daran führte kein Weg vorbei. Hinzu kam, dass weder Sarah noch die anderen die Neue gut genug kannten, um wirklich beurteilen zu können, wie sie war. Vielleicht hatte Dina recht und Sonia konnte sich einfach besonders gut verstellen.

Doch fürs Erste würden sie mit ihr auskommen müssen. Irgendwo musste sie ja schließlich wohnen. Rabea, mit der sie am selben Tag noch das Problem besprochen hatten, fiel auch keine andere Lösung ein. Mit Sarahs und Dinas Einverständnis versuchte sie zwar mit Nelly darüber zu reden, doch die schaltete auf total stur.

»Das bringt im Moment überhaupt nichts«, erklärte Rabea Sarah und Dina. »Ich würde einfach ein bisschen Gras über die Sache wachsen lassen. Irgendwann ist Nelly vielleicht bereit, euch zuzuhören. Und wenn ihr euch wieder vertragen habt und zusammenwohnen wollt, dann sehen wir weiter.«

Dina sah allerdings überhaupt nicht ein, den ersten Schritt zu tun, und so mussten sie wohl oder übel in den sauren Apfel beißen. Zum Glück hielt Sonia sich nicht oft im gemeinsamen Zimmer auf, sondern hing mit Jane und Tini herum oder verschwand manchmal gleich nach der Schule im Ort.

Keiner wusste so genau, was sie dort trieb.

Einmal erzählte Marvin, dass er sie nachmittags im Torweg einer Elektrofirma hatte verschwinden sehen. »Bestimmt hat sie dort einen Freund«, schloss er seinen Bericht. »So, wie die aussieht.«

Natürlich reagierte Dina darauf mit einem Wutanfall, aber Marvin nahm sie einfach in die Arme und sagte: »Was regst du dich so auf? Sonia ist nun mal super hübsch. Die gesamte Unterstufe liegt ihr zu Füßen. Daran kann niemand etwas ändern. Aber ich mag sowieso nur dich.«

Dina beruhigte sich wieder, dennoch vermied sie es, mit Sonia zu reden. Und auch Sarah beschränkte sich diesbezüglich auf das absolut Notwendigste. Zwar musste sie sich eingestehen, dass sie sich durchaus irgendwie für die neue Zimmergenossin interessierte und sie manchmal sogar richtig nett fand, aber wenn sie nicht auch noch Zoff mit Dina wollte, dann musste sie jeden näheren Kontakt zu Sonia tunlichst vermeiden.

Die nächsten drei Wochen blieb Nelly jedoch stur wie ein vertrockneter Ast. Manchmal sah man sie mit Alex und Amy Too, manchmal mit den eigentlich so verhassten *Drillies*.

Sarah versuchte mit Alex darüber zu reden, aber der konnte ihr auch nicht weiterhelfen. Sein Thema war Amy Too, Amy Too und noch einmal Amy Too. Er schien eine wahnsinnige Angst davor zu haben, dass ihre Eltern doch noch gefunden werden konnten, und allmählich schwanden Sarahs Hoffnungen, dass es zwischen ihr und ihm doch nochmal etwas werden könnte.

Außerdem verstand sie sich richtig gut mit Lorenzo. Jeden zweiten Tag besuchte sie ihn auf dem Reiterhof. Gemeinsam päppelten sie das Vogeljunge, das inzwischen Federn bekommen hatte und munter in seinem Körbchen umherhüpfte.

Nach einer Weile erzählte sie ihm sogar, dass sie und Dina sich mit Nelly verkracht hatten, worüber er ziemlich verwundert war.

»Nelly ist der netteste Mensch der Welt«, schwärmte Lorenzo verzückt. »Ich kann mir gar nicht vorstellen, dass sie so etwas Gemeines ausheckt.« Er sann eine Weile vor sich hin, dann zwinkerte er Sarah zu und meinte: »Von dir kann ich mir das allerdings auch nicht denken.«

Sarahs Herz schlug einen Takt schneller und sie begann darüber nachzudenken, ob an dem Spruch *Liebe macht blöd* tatsächlich etwas dran war. Vielleicht hatte Nelly sich gegenüber Lorenzo aber bisher auch nur von ihrer Schokoladenseite gezeigt, was, wenn man verliebt war, ja eigentlich eine ganz normale Sache war.

Dienstags und donnerstags kam Nelly immer zwischen drei und fünf Uhr zum Reiten. Lorenzo hing dann im Schatten der Gardine hinter dem Fenster und beobachtete sie. Er kommentierte alles, was sie tat. Bei jedem Fehler, den sie machte, verzog er schmerzvoll das Gesicht, dafür lobte er sie überschwänglich, wenn ihr etwas gut gelang.

Sarah saß dann bei dem Vogel, den sie inzwischen schlicht und ergreifend *Pieps* getauft hatten, und flößte ihm Wasser, Haferbrei und als besondere Delikatesse tot geschlagene Fliegen ein. Immer, wenn sie »Pieps!« zwitscherte, kam er unter seiner Wollsocke hervorgeschossen und riss den Schnabel auf. Sobald sie ihm etwas hineingesteckt hatte, verschwand er gleich wieder unter dem Strumpf.

»Der weiß genau, dass er sich vor Nesträubern verstecken muss«, murmelte Sarah und blickte sich im Zimmer um. »Obwohl ihm hier ja eigentlich überhaupt nichts passieren kann.«

»Hast du eine Ahnung«, sagte Lorenzo. Er ließ die Gardine los und wandte sich zu ihr um. »Bei Vollmond verwandle ich mich nämlich immer in einen Bussard.«

Sarah grinste.

»Aber keine Angst«, fuhr Lorenzo fort, »Vollmond ist erst wieder in zwei Wochen. Und bis dahin hat meine Tante längst den Vogelkäfig vom Dachboden geholt.«

»Sie hat einen Käfig?«, fragte Sarah erfreut. »Das ist ja toll! Dann können wir Pieps endlich mal nach draußen stellen. Er muss doch die Umgebung kennenlernen und die Stimmen seiner Artgenossen hören.«

Lorenzo nickte. Er kam herüber, beugte sich über das Körbchen, das vor Sarah auf einem kleinen Tisch stand, und lugte unter den Strumpf. »Ich glaube übrigens, das ist keine Meise und auch kein Fink, sondern ein stinknormaler Haussperling.«

»Na und?«, erwiderte Sarah. »Müssen wir deshalb die Fliegen von der Speisekarte nehmen, weil er kein Recht auf so was Feines hat?«

Lorenzo stupste ihr mit dem Zeigefinger gegen die Nase. »Quatsch«, sagte er und lächelte wieder dieses Lächeln, das Sarah jedes Mal so verlegen machte.

Hastig senkte sie den Blick und stierte angespannt auf das Körbchen. Auf einmal stieg eine grenzenlose Wut auf Nelly in ihr hoch. Eigentlich, so fand Sarah, hatte die Freundin – ehemalige Freundin! – Lorenzo überhaupt nicht verdient. Über diesen Gedanken war sie so erschrocken, dass sie Herzrasen bekam und sofort gehen musste. Sie raffte ihre Sachen zusammen und stürzte auf die Tür zu.

»Und ich dachte, wir reiten noch ein bisschen«, meinte Lorenzo enttäuscht. »Nachher, wenn Nelly wieder weg ist.«

»Ich kann das nicht«, sagte Sarah heftig. »Frau Schirmeck irrt sich, wenn sie meint, dass ich da irgendwie Talent habe. Außerdem musst du dich ja wohl noch für dein Turnier vorbereiten.«

Sie schlug die Tür viel zu heftig hinter sich zu und rannte los.

Am übernächsten Tag ging Sarah nicht zum Reiterhof. Bestimmt war Lorenzo sauer auf sie, weil sie einfach so abgehauen war. Natürlich könnte sie sich dafür entschuldigen, aber sie würde wahrscheinlich nur dumm herumstammeln, und dazu hatte sie keine Lust. Außerdem musste sie dringend Mathe lernen. Seitdem Frau Mailander wieder zurück war, war der Unterricht wieder anspruchsvoller geworden. Und für den Erdkundetest musste sie auch noch büffeln.

Sie hockte sich also mit Dina zusammen hinter den Schreibtisch und arbeitete mit ihr den gesamten Stoff einmal durch. Danach fragten sie sich gegenseitig ab. Sie begannen mit den Hauptstädten der einzelnen asiatischen Staaten. Die von China, Japan, Indien, Thailand, Vietnam, den Philippinen und Indonesien konnten sie sich gut merken. Schwieriger wurde es schon mit Malaysia, Bangladesh und Papua-Neuguinea.

»Gehört Borneo nun eigentlich zu Malaysia oder zu Indonesien?«, fragte Sarah.

Sie zog eine Streuselkuchenstirn und ließ ihren Finger über die Landkarte Südasiens gleiten.

»Gar nich«, meinte Dina. »Also weder noch. Borneo is doch voll'n eigenes Land. Echt.«

Sarah schüttelte den Kopf und tippte auf das größte zusammenhängende Landstück oberhalb der Sundainseln. »Nee, ich glaube, das ist einfach bloß der Name dieser Insel da.«

»Quatsch«, sagte Dina. »Dann würde da doch nich so fett Borneo drauf stehen. Außerdem ... Siehste denn gar nich, dass das sogar eine eigene Hauptstadt hat. Nämlich Brunei.«

Aus Nellys Bett ertönte ein höhnisches Lachen.

»Du hast ja überhaupt keine Ahnung«, sagte Sonia, die ohrstöpseltechnisch mit ihrem MP3-Player verbunden war und außerdem schon eine ganze Weile in einer Mädchenzeitschrift blätterte. Nun zog sie die Stöpsel heraus, legte die Zeitschrift beiseite und kam mit erhobenem Kopf zu Sarah und Dina herüber.

»Wer hat dich denn gefragt?«, zischte Dina, doch das schien Sonia kein bisschen zu beeindrucken.

»Brunei ist ein unabhängiger Staat auf der Insel Borneo«, erklärte sie, während sie sich zwischen die Mädchen quetschte und über den Atlas beugte. »Der größere südliche Teil der Insel gehört zu Indonesien«, sie legte ihren Finger auf den kleineren Teil Borneos, »und das schmale Stück da im Norden zu Malaysia.«

Dina packte ihren Atlas und zog ihn mit einem Ruck vom Tisch.

»Pfoten weg!«, knurrte sie. »Oder willst du meine Unterlagen vergiften?«

»Ts«, machte Sonia. Sie richtete sich auf, stützte die Hände auf ihre Hüften und warf den Kopf in den Nacken. »Wer nicht will, der hat.«

Dina starrte mit zusammengekniffenen Augen auf den Atlas. »Los, verzieh dich. Wir schaffen das hier auch ohne dich.«

Sarah wandte sich zu Sonia um und blickte sie schulterzuckend an. Sie schaute direkt in ihre Augen, aber das, was sie dort neulich abends zuvor im Waschraum gesehen hatte, konnte sie nun nicht entdecken. Als ob diese Sonia aus zwei völlig verschiedenen Persönlichkeiten zusammengesetzt war.

»Ich habe mich auch nicht darum geschlagen, in euer Zimmer zu kommen«, sagte sie harsch. »Ich passe viel besser mit Amy Too zusammen.«

»Klar«, brummte Dina. »Die is dir ja auch völlig ausgeliefert. Der kannste den ganzen Tag vorturnen, wie toll du bis.«

»Bin ich ja auch«, erwiderte Sonia. »Und jeder, der mit mir befreundet ist, kann davon profitieren.«

Sarah traute ihren Ohren nicht. Wie konnte ein einziger Mensch nur dermaßen eingebildet sein? Sie war so sprachlos, dass sie nichts erwidern konnte. Dinas Miene verfinsterte sich zusehends. Ein dunkelgrauer Gewittertag war nichts dagegen.

»Weißte was?«, fauchte sie Sonia an. »Ich schreib in diesem Test lieber voll die Sechs, als mir ausgerechnet von dir helfen zu lassen. Echt.«

Ganz so schlimm fielen die Ergebnisse des Erdkundetests dann allerdings doch nicht aus. Dina schrieb eine Vier und Sarah eine Drei plus. Den Kontakt mit Sonia versuchten sie so gut es ging zu meiden. Ab und zu besuchten sie Hausmeister Kegel und Christopherus, der immer ganz munter wurde, wenn sie sich mit ihm beschäftigten. Warme Nachmittage verbrachten sie mit Jane und Tini am See. Manchmal war Nelly auch dort.

Sie lag dann etwas abseits auf einem Handtuch und blätterte in Zeitschriften, über deren Rand hinweg sie eindeutig die *Drillies* beobachtete.

Theresa hatte es offenbar auf einen gut aussehenden Mittelstufenschüler abgesehen, der nicht in der *Sardinenburg* wohnte, aber oft mit ein paar Kumpels zum Baden an den See kam.

»Ob Nelly den für sie ausgeguckt hat?«, murmelte Sarah.

»Und wenn«, brummte Dina. »Is mir so was von piepegal. Und wenn Nelly ihre Zeit nich besser verbringen kann, als mit dieser doofen Drillie-Wette, dann weiß ich auch nich.«

Sarah nickte stumm. Sie hätte natürlich schon gewusst, wie Nelly ihre Nachmittage sinnvoller hätte gestalten können.

»Vielleicht sollten wir ihr doch von Lorenzo erzählen«, meinte Dina nach einer Weile. »Das wär eigentlich die Gelegenheit, uns mit ihr zu versöhnen.«

»Bist du verrückt!«, erwiderte Sarah. »Ich kann doch Lorenzo nicht verraten.«

»Stimmt«, gab Dina zu. Sie nagte eine Weile an ihrer Unterlippe und meinte schließlich: »Auf der anderen Seite geht's hier aber doch um die *Sardinen*. Und die müssen Vorrang haben vor Jungsangelegenheiten.«

In diesem Punkt musste Sarah Dina recht geben.

»Und wer weiß, vielleicht will Lorenzo Nelly auch gar nich überraschen, sondern betrügt sie eiskalt«, spekulierte Dina weiter.

»Daran habe ich anfangs auch gedacht«, sagte Sarah. »Aber ich glaube, das ist nicht so. Dafür bleibt ihm gar keine Zeit mehr.«

»Dann red doch mit ihm«, schlug Dina vor. »Wenn er tatsächlich so nett is, wie du sagst, dann wird er unser Problem verstehen.«

Sarah nickte. »Klar ...«, murmelte sie.

»Aber?«, bohrte Dina.

Sarah schwieg. Was sollte sie auch sagen? Sie wusste ja selber nicht, was mit ihr los war.

»Du willst nich«, stellte Dina fest, nachdem sie Sarah eine Weile Löcher in die Stirn geglotzt hatte. »Du willst, dass Nelly anfängt«, brabbelte sie los. »Okay, das will ich eigentlich auch. Und ich bin auch sauer ohne Ende, aber Nelly wird nich anfangen. Eher knallt der Saturn aus seiner Umlaufbahn.«

»Ich weiß«, sagte Sarah leise und blickte traurig ins Leere.

Dina wurde blass.

»O Gott«, presste sie hervor. »Du hast dich verknallt. Du hast dich in Lorenzo verknallt.«

Natürlich war Sarah aus allen Wolken gefallen. Sie und in Lorenzo verknallt? – Das war ja wohl das Allerletzte! Sie hatte sich fürchterlich aufgeregt, aber Dina hatte zuerst bloß dumm gegrinst und anschließend ein super bedröppeltes Gesicht gezogen.

»Du verliebst dich immer in die Falschen«, hatte sie Sarah vorgeworfen. »Zuerst in Alex und jetz in Lorenzo. Verdammt nochmal, wie stellste dir das denn vor?«

Gar nicht!

Sarah war aufgesprungen, hatte ihre Sachen zusammengerafft und war zur Burg zurückgerannt. Dina hatte lautstark hinter ihr hergerufen, war ihr zum Glück aber nicht gefolgt.

Die Luft im Zimmer war warm und stickig. Sarah riss sofort alle Fenster auf und warf sich auf ihr Bett.

Immer in den Falschen, hatte Dina gesagt. Das war doch überhaupt nicht wahr! Wenn Amy Too nicht gewesen wäre, hätte sie bei Alex durchaus eine Chance gehabt. Und was Lorenzo betraf: Der war einfach nur ein super guter Freund. Das war alles! Was Dina sich da bloß wieder einbildete!

Sarah ballte die Fäuste und schlug wie wild auf ihr Kopfkissen ein. Schließlich ließ sie sich hineinfallen und setzte es unter Wasser. Am liebsten hätte sie sich für den Rest ihres Lebens eingeschlossen. Bloß nie wieder in diese dämliche Welt da draußen gehen müssen. Keine dummen Dina-Sprüche, kein vermurkster Nelly-Stress und kein Lorenzo-Lächeln mehr – es gab nichts, was Sarah sich in diesem Moment sehnlicher wünschte.

Aber das ging ja nicht. Im Gegenteil. Sie musste zusehen, dass sie schnellstmöglich wieder einen klaren Kopf bekam, bevor Dina oder gar Sonia ins Zimmer kamen. Zum ersten Mal nach langer Zeit spürte Sarah Heimweh. Sie sehnte sich nach Omas tröstender Umarmung und nach ihrem eigenen kleinen Zimmer, in das sie sich so lange und so oft zurückziehen konnte, wie sie wollte.

Doch alles Wünschen und Sehnen nützte nichts. Denn plötzlich sprang die Tür auf.

Hastig wischte Sarah ihre Tränen im Kissen ab. Wenn es Dina war, würde sie sie bestimmt gleich leise ansprechen oder sich sachte auf die Bettkante schieben. Aber nichts von beidem geschah. Sarah erstarrte. Dann konnte es eigentlich nur Sonia sein ... Oder Rabea. Geistesgegenwärtig drehte Sarah das Gesicht zur Wand und stellte sich schlafend.

Sie hörte leise Schritte, die durchs Zimmer tapsten. Plötzlich hielten sie inne, ein paar Sekunden lang herrschte absolute Stille, dann kamen die Schritte auf sie zugetappt, und kurz darauf spürte Sarah eine Hand, die sich sanft in ihren Nacken legte.

»Ist alles in Ordnung mit dir?«, flüsterte Sonia. »Du bist so heiß.«

»Schon okay«, krächzte Sarah.

»Soll ich nicht doch besser Rabea Bescheid sagen?«, fragte Sonia.

Sarah drehte den Kopf im Kissen hin und her. »Es ist alles in Ordnung«, erwiderte sie. »Ich habe nur ein bisschen geschlafen.«

»Aber du klingst so komisch«, meinte Sonia. »Ist Dina denn gar nicht da?«

»Nein«, presste Sarah ungeduldig heraus. Sie musste sich mächtig zusammenreißen. Diese Sonia war wirklich eine Klasse für sich. Auf der einen Seite eingebildet bis zum Dorthinaus, dann wieder so hilfsbereit und besorgt, dass es einem auf die Nerven ging.

Und jetzt hockte sie sich auch noch zu ihr auf die Bettkante.

»Ich freu mich so auf das Sommerfest«, fing sie an

zu erzählen. »Besonders auf die Band von Nellys Vater. Den find ich echt klasse«, schwärmte sie. »So einen Vater müsste man haben!«

»Ich habe überhaupt keinen«, flutschte es Sarah über die Lippen. Bereits den Bruchteil einer Sekunde später bereute sie es. Wie hatte sie nur so unbedacht sein können!

»Oh«, sagte Sonia. »Du Arme. Hat er deine Mutter verlassen?«

»Nein, hat er nicht«, knurrte Sarah. »Meine Eltern haben mich verlassen. Sie sind nämlich tödlich verunglückt.«

»Oh«, sagte Sonia noch einmal. Dann war sie still. Sarah spürte, wie sie sich von der Bettkante erhob. »Es tut mir leid«, stammelte sie. »Aber an so was hab ich überhaupt nicht gedacht. Deshalb wohnst du also im Internat.«

»Schon gut«, erwiderte Sarah. Inzwischen war sie sich einigermaßen sicher, dass sie nicht mehr allzu verheult aussah. Sie richtete sich auf und lehnte sich mit dem Rücken gegen das Kopfteil ihres Bettes. »Ich war noch klein, als meine Eltern diesen Autounfall hatten«, fuhr sie fort. »Seitdem wohne ich bei meiner Oma. Sie hatte im letzten Jahr eine komplizierte Operation und da ist sie auf die Idee mit dem Internat gekommen.«

Sonia schaute Sarah an und lächelte. Der Ausdruck ihrer großen Augen war freundlich und warm. »Dass du mir das erzählst«, sagte sie leise. »Vielleicht ...« Sie stockte, drehte sich um und fing an auf ihrem Schreibtisch herumzukramen.

»Was denn?«, ermunterte Sarah sie.

»Ach nix«, meinte Sonia. Sie ließ sich auf ihren Stuhl fallen und schlug ihr Geschichtsbuch auf. Sie vertiefte sich eine Weile hinein, dann schaute sie wieder zu Sarah hinüber. »Glaubst du, Nellys Vater bleibt ein bisschen länger hier?«

Die folgenden drei Wochen vergingen wie im Flug. Die Stimmung in Sarahs, Dinas und Sonias Zimmer hatte sich etwas entspannt. Sarah hatte Dina von ihrem Gespräch mit Sonia erzählt und betont, dass die ziemlich nett sein konnte.

»Trotzdem: Wir dürfen uns nich mit ihr anfreunden«, hatte Dina daraufhin gesagt. »Nich, solange wir uns wieder mit Nelly vertragen wollen.«

Die Aussicht darauf schien allerdings alles andere als rosig zu sein. Jeden noch so zaghaften Annäherungsversuch von Sarah oder Dina quittierte Nelly mit Nichtbeachtung. Entweder tat sie so, als ob sie gar nichts davon mitbekam, oder sie drehte sich auf dem Absatz um und stolzierte davon.

»Ich kapier das nich«, meinte Dina. »Eigentlich muss sie sich doch voll zu Tode langweilen. Echt. Es gibt hier keinen, der sich mit ihr anfreunden will.«

Das stimmte. Tini und Jane waren unzertrennlich. Die *Drillies* kochten sowieso ihre eigene Suppe und die schien zurzeit Manuel zu heißen. Jedenfalls sah man Chantal, Dörte und insbesondere Theresa ständig um den ziemlich gut aussehenden Mittelstufenschüler herumschwirren.

Sarah ging nur noch ein-, allerhöchstens zweimal in der Woche zum Reiterhof. Erstens wollte sie das Risiko, Nelly dort über den Weg zu laufen, möglichst klein halten, und zweitens empfand sie das Zusammensein mit Lorenzo als immer quälender. Dina hatte recht, Sarah mochte ihn mehr, als es ihr geheuer war, und am besten wäre es wohl gewesen, wenn sie sich gar nicht mehr mit ihm getroffen hätte. Aber das ging ja nicht: Schließlich wollte Sarah sich auch um Pieps kümmern.

Der kleine Sperling flatterte mittlerweile munter in dem Käfig herum, den Frau Schirmeck ihnen gegeben hatte. Er konnte selbständig trinken und kleine Hirsekörner bereits alleine aufknacken.

»Nächste Woche lasse ich ihn im Zimmer fliegen«, kündigte Lorenzo an. Über die Tatsache, dass Sarah vor einigen Tagen einfach so weggerannt war, hatte er kein einziges Wort mehr verloren. »Und dann wird es auch Zeit, ihm eine kleine Außenvoliere zu bauen.« Lorenzo blickte Sarah treuherzig an. »Hilfst du mir dabei?«

Natürlich konnte sie nicht Nein sagen. Sie versuchte zwar Ausreden zu finden, aber letztendlich brachte sie es nicht übers Herz, Lorenzo, der ja eigentlich viel weniger Zeit hatte als sie, mit dieser Aufgabe alleine hängen zu lassen. Immerhin war es ihr »Verdienst«, dass Pieps überhaupt bei ihm gelandet war.

Eine Woche vor dem Fest trommelten die Buchstedts alle Internatsinsassen im Speisesaal zusammen, um den Ablauf des Programms noch einmal durchzusprechen und die letzten Aufgaben zu verteilen. Sarah und Dina wollten in der Küche aushelfen und eine halbe Stunde Getränke verkaufen.

Neben einer Projektausstellung zu den Themen Schwerin und Mecklenburgische Seenlandschaft, Okarina-Bau, Fischzucht und Kunst aus recyclefähigen Produkten sollten ein Volleyball-Turnier, eine Theateraufführung der Oberstufenschüler und ein kleines Konzert der Musik-AG stattfinden.

»Der Höhepunkt unseres Festes aber ist ein halbstündiger Auftritt der *Crazy Bones*, von denen wir gestern die endgültige Zusage bekommen haben«, verkündete Frau Buchstedt. »Und das wiederum haben wir wohl ausschließlich dem Umstand zu verdanken, dass eine unserer Internatsschülerinnen die Tochter des Gitarristen der Band ist.«

Johlender Applaus ertönte und es dauerte eine Weile, bis er so weit verebbt war, dass die Internatsleiterin weitersprechen konnte.

»Des Weiteren wurde der Wunsch an mich herangetragen, eine Art kleines Pop-Casting zu veranstalten«, sagte sie, woraufhin sich der Geräuschpegel im Saal erneut schlagartig erhöhte. Frau Buchstedt ruderte so heftig mit den Armen, als ob sie abheben wollte, und allmählich wurde es wieder leiser. »Wir haben ja einige ganz gute Sänger und Sängerinnen an der Schule«, fuhr sie fort. »Und nun spielen wir mit dem Gedanken, die *Crazy Bones* um entsprechende musikalische Begleitung zu bitten ... Wer also Interesse hat mitzumachen, der sollte sich heute nach dem Abendessen mit mir im Discoraum im Keller zusammenfinden.«

»Hast du gesehen, wie blass Nelly geworden ist?«, fragte Sarah im Flüsterton.

Eigentlich waren nur Dina und sie im Zimmer, aber irgendwie konnte sie nicht laut sprechen.

»Klar hab ich das«, sagte die Freundin. »Ich habse die ganze Zeit nich aus den Augen gelassen. Ich sag dir, die hat nix davon geahnt.«

Sarah hob die Schultern. »Wie denn auch?«

»Es war garantiert Sonias Idee«, fuhr sie nach einer Weile fort. »Sonst hätte sie mich bestimmt nicht so ausgequetscht. Wie lange Nellys Vater bleibt und so ...«

Dina ließ sich auf ihren Schreibtischstuhl plumpsen und drehte sich ein paarmal mit der Sitzfläche hin und her. »Sie kann aber auch gut singen. Echt«, erwiderte sie. »Da is das Ergebnis doch eigentlich schon klar.«

Sarah nickte. »Weißt du, was?«

»Nee.«

»Ich geh jetzt zu ihr.«

Dinas Augenbrauen schnellten nach oben. »Zu wem?«

»Na, zu Nelly natürlich. Wenn überhaupt, dann haben wir jetzt die Chance, sie zu knacken. Jetzt, wo es um ihren Vater geht.«

Dina schien nicht so recht überzeugt zu sein. Trotzdem bot sie an mitzukommen. »Wo willst du sie denn suchen?«

»Erst mal schauen wir in ihrem Zimmer nach«, sagte Sarah.

Aber dort trafen sie nur Amy Too, die über den Englischhausaufgaben brütete.

»Do you know where Nelly is?«, fragte Dina.

Amy Too zuckte mit den Schultern und lächelte.

Sarah beugte sich über ihre Schulter und warf einen Blick in ihr Heft. »Kommst du zurecht?«

Amy Too nickte heftig. »Ich komme«, sagte sie. »Und Alex hilft viel.«

»Das ist gut«, meinte Sarah. Ratlos schaute sie Dina an. »Und jetzt?«

Amy Too tippte sich gegen die Stirn. Offenbar war ihr etwas eingefallen. »Nelly macht letter to Chantal«, sagte sie. »Maybe sie ist gegangen.«

Dina grinste. »Ja, klar.«

Sie bedankten sich bei Amy Too und machten sich sofort auf den Weg zum Zimmer von Dörte, Theresa und Chantal. Eigentlich hatten sie keine große Lust, sich mit den *Drillies* abzugeben, aber es blieb ihnen wohl nichts anderes übrig.

»Vielleicht haben wir Glück und Nelly kommt raus, wenn wir gerade …«, begann Dina. Dann stockte sie, denn es war schon von weitem zu hören, dass ein heftiger Streit im Zimmer der drei Achtklässlerinnen im Gange war.

»Deine doofen Briefe kannst du dir schenken!«, hörten sie Chantal fauchen. »Ich weiß selber immer noch am besten, wie ich ihn rumkriege. Da mach dir mal keine Sorgen.«

»Ach, jetzt gib mal nicht so an«, zischte Nelly. »Theresa ist mit Manuel ja auch noch kein Stück weiter.«

»Hast du eine Ahnung!«, knurrte die. »Spätestens auf dem Fest wird er mich küssen.«

Daraufhin lachte Nelly schallend und rief: »Das glaubst du ja wohl selber nicht.« Dann wurde ihre Stimme wieder ernst. »Und wenn schon«, sagte sie. »Chantal wird sich an Alex die Zähne ausbeißen. Und damit habe ich die Wette jetzt schon gewonnen.«

Sarah und Dina glotzten sich mit weit aufgerissenen Augen an. Das also führte Nelly im Schilde! Sie wollte Chantal auf Alex hetzen, obwohl der glücklich mit Amy Too zusammen war. Unfasslich!

»Kein Wunder, dass sie damit nicht rauswollte«, brummte Sarah. »Sie hat genau gewusst, dass wir sie mit allen Mitteln davon abhalten würden.«

»Aber voll«, erwiderte Dina wütend. »Und jetz mal sowieso. Jetz isse fällig.«

Natürlich würde es alles nur noch schlimmer machen, aber Sarah wusste auch: Sie hatten keine andere Wahl. Nelly musste zur Vernunft gebracht werden. Wie auch immer! Zum Ausarbeiten einer Strategie blieb ihnen jedoch keine Zeit mehr, denn in diesem Augenblick öffnete sich die Tür und Nelly stolzierte mit hoch erhobenem Haupt heraus. Wie abgesprochen packten Sarah und Dina sie an den Armen und zogen sie den Gang hinunter auf die Eingangshalle zu.

»He! Was soll das?«, keifte Nelly. »Lasst mich gefälligst los!«

Sie stemmte sich mit aller Macht dagegen und versuchte sich mit hektischem Gezerre aus dem Griff der Mädchen zu befreien.

»Nur wenn de Ruhe gibs«, schnaufte Dina. »Wir müssen mit dir reden.«

»Da könnt ihr quatschen, bis euch die Fransen von der Zunge fallen«, zischte Nelly. »Ihr habt bei mir gar nichts mehr zu melden.«

Sarah biss die Zähne aufeinander. Beinahe hätte sie ihre Fingernägel in Nellys Fleisch gekrallt – so irrsinnig wütend war sie. »Du bist so fies«, presste sie hervor. »Wie kannst du nur Chantal auf Alex hetzen! Es ist mir ein Rätsel, dass du gegenüber Amy Too gar kein schlechtes Gewissen hast.«

Augenblicklich hörte Nelly auf sich zu wehren. Sie blieb wie angenagelt stehen und fixierte Sarah mit zusammengekniffenen Augen. »Ich wusste, dass du dich darüber aufregst«, sagte sie. »Deshalb hab ich auch gar nicht erst mit dir darüber gesprochen. Mir war gleich klar, dass die Moral dir die Denkzellen vernebeln würde. Dabei ist es doch so: Ich hetze Chantal nicht auf Alex. Ich gewinne bloß meine Wette. Alex würde sich nie auf ein anderes Mädchen einlassen. Schon gar nicht auf diese bescheuerte Chantal. Und deshalb brauche ich wegen Amy Too auch kein schlechtes Gewissen zu haben.«

»Und wenn doch?«, entgegnete Dina. »Wenn Alex doch …«

»Dann war die Liebe eben nicht groß genug«, fuhr Nelly dazwischen. »Und dann kann Amy Too mir sogar dankbar sein, dass ich ihr die Augen geöffnet habe.«

»Ja, ja«, höhnte Sarah. »Schon klar: Ganz egal, was du tust, es ist immer nur das Beste für die anderen.« Sie ließ Nellys Arm los, weil sie sonst vielleicht doch noch hineingekniffen hätte.

Ein paar Sekunden lang sahen die Mädchen sich schweigend an, dann sagte Nelly: »Im Gegensatz zu dieser eingebildeten Sonia allemal. Die hat doch nur eins im Kopf: Sich selbst, sich selbst und nochmal sich selbst. Jetzt will sie sich sogar noch bei meinem Vater einschleimen.« Ihre Stimme wurde allmählich lauter und die Zornesröte stieg ihr ins Gesicht. »Die denkt wohl, dass sie ihm mit ihrer angeblich ach so tollen Stimme imponieren kann. Aber da hat sie sich geschnitten. Mein Vater kommt einzig und allein wegen mir. Das Konzert hält er nur mir zuliebe. Diese Sonia ist für ihn nichts weiter als einer dieser hunderttausend albernen Fans.«

Das Oktoberfest

In der folgenden Nacht schliefen Dina und Sarah wieder zusammen in einem Bett. Nach dem Streit mit Nelly hatten sie das Gefühl, sich aneinander festhalten zu müssen, weil sonst womöglich noch die ganze Welt auseinandergedriftet wäre.

Sonia bedachte die beiden mit einem Kopfschütteln, sagte aber nichts, sondern vertiefte sich in ein Buch über Songtexte.

Die Freude auf das Oktoberfest war Sarah und Dina jedenfalls gründlich vergangen. Sie erledigten ihre Aufgaben in der Küche nur lustlos, und manchmal wünschten sie sich sogar, dass die *Crazy Bones* im letzten Moment absagten. Natürlich wäre es für Nelly eine Katastrophe gewesen, wenn ihr Vater sie schon wieder enttäuschte. Dennoch erschien es Sarah und Dina immer noch tausendmal besser, als das, was zu passieren drohte, wenn Sonia sich zwischen Nelly und ihren Vater drängte.

»Wieso redest du nicht mit ihr?«, schlug Lorenzo vor, dem Sarah die Geschichte nach heftigen inneren Kämpfen schließlich doch noch anvertraut hatte.

»Mit Nelly?« Sarah schüttelte den Kopf. »Da könnte ich mich genauso gut mit meiner Zahnbürste unterhalten.«

»Doch nicht mit Nelly«, erwiderte Lorenzo. »Ich meine mit Sonia. Vielleicht ist sie ja vernünftiger als Nelly.«

Sarah blickte Lorenzo erschrocken an. Das war das erste Mal, dass er etwas Negatives über Nelly gesagt hatte. Plötzlich fing ihr Herz schrecklich an zu klopfen und sie bekam außer: »Das kannst du auch vergessen«, überhaupt keinen Ton mehr heraus.

Eine Weile saßen die beiden schweigend nebeneinander auf einer Gartenbank und beobachteten Pieps, der neugierig die offen stehende Klappe seiner Außenvoliere beäugte. Seit knapp zwei Wochen bewohnte der junge Spatz nun das neue Gehege, das Sarah und Lorenzo liebevoll aus Holzleisten und Kaninchendraht zusammengebaut hatten, und offenbar fühlte er sich so wohl darin, dass ihn die Freiheit überhaupt nicht herauslockte.

»Wenn er nicht bald losfliegt, ist es zu spät«, murmelte Lorenzo. »Dann kann er sich in der Natur und gegen seine Artgenossen nicht mehr behaupten.«

»Ach, wieso denn?«, entgegnete Sarah. »Er kann

doch den ganzen Winter über hier wohnen. Die Voliere hat ein Dach und wenn wir die Klappe offenlassen, kann er sich jederzeit entscheiden, ob er hierbleiben oder fortfliegen will.«

Lorenzo schaute Sarah lange und intensiv an. Natürlich konnte sie diesem Blick nicht standhalten, ohne tomatenketschuprot zu werden. Ihre Backen glühten wie zwei auf volle Pulle geschaltete Herdplatten. Am liebsten wäre sie aufgesprungen und weggerannt. Aber das war ihr mittlerweile zu blöd und außerdem auch keine Lösung.

»Du hast recht, Sarah«, sagte Lorenzo rau. »Du bist überhaupt ein ganz tolles Mädchen. Ich bin froh, dass ich dich kennengelernt habe. Das mit Pieps und der Voliere und all das hat mir einen riesigen Spaß gemacht.« Sarah hielt den Atem an und Lorenzos Ausführungen gingen allmählich in Gestammel über. »Überhaupt denke ich fast gar nicht mehr an Nelly«, stotterte er.

»Hör auf«, krächzte Sarah.

»Aber das ist doch idiotisch«, sagte Lorenzo. »Wenn ich nicht mehr in Nelly verliebt bin …«

»Hör auf!« Sarah sprang auf. »Ich will das nicht wissen!«, fuhr sie ihn an. »Nelly ist meine Freundin und …«

»Ist sie nicht«, erwiderte Lorenzo. »Du hast mir doch selber erzählt, dass ihr total zerstritten seid.«

»Das hätte ich besser nicht getan«, stieß Sarah hervor. »Wenn ich gewusst hätte, dass du dann denkst, dass ich … dass du … dass … ach …« Sie machte eine wegwerfende Handbewegung, denn sie wusste ja selber nicht genau, was sie sagen sollte.

Zögernd stand Lorenzo von der Bank auf. »Aber ich weiß doch, dass du mich auch magst«, sagte er leise.

»Ja, aber nicht so!«, erwiderte Sarah heftig.

Es war eine Lüge. Das wurde ihr im selben Moment klar. Aber was nützte es? Es war doch sowieso sinnlos.

»Wie denn dann?«, wollte Lorenzo wissen.

»Einfach nur so«, sagte Sarah. Sie senkte den Kopf und scharrte mit der Schuhspitze durchs Gras. Ihr Herzschlag pulsierte in ihren Ohren und ihre Augen fingen an zu brennen. »So wie Dina.«

»Das geht doch gar nicht«, wisperte Lorenzo. »*Ich* kann dich jedenfalls nicht auf die gleiche Weise mögen wie einen Jungen. Ich werde mit Nelly reden.«

»Nein, das darfst du nicht!«, schrie Sarah.

Im selben Moment heulte sie los und ehe sie sich versah, hatte Lorenzo bereits die Arme um sie geschlungen.

»Ist ja schon gut«, murmelte er leise. »Ich mach nichts, was du nicht willst. Versprochen.«

Sarah ließ ihre Stirn auf seine Schulter sinken und hielt den Atem an. Wie gerne hätte auch sie ihre Arme um ihn gelegt, aber dann tauchte Nellys Gesicht vor ihr auf und sie wurde steif wie ein Stock.

Ein paar unerträglich lange Sekunden standen sie so beieinander, dann ertönte hinter ihnen plötzlich ein lautes, fröhliches: »Tschiep!«

Sarah bemerkte den Schatten aus den Augenwinkeln. Sie hörte das Flattern, und im nächsten Moment landete Pieps auf Lorenzos Kopf.

»Tschiep, tschiep!«, verkündete er, hüpfte hin und her und zupfte an Lorenzos Haaren.

Sarah hob den Kopf und streichelte den Sperling sachte über den Rücken. »Wie zutraulich er ist«, sagte sie leise.

»Kein Wunder«, erwiderte Lorenzo. »Er kennt ja nur uns.«

Im selben Augenblick breitete Pieps seine Flügel aus und segelte in einer lang gezogenen Kurve ins Geäst eines Ahornbaums. Sarah sprang von Lorenzo weg und versuchte dem Sperling zu folgen. Der flatterte tschilpend von Zweig zu Zweig und peilte dann den nächsten Baum an.

»Ob er wohl wieder in die Voliere kommt?«, fragte Sarah.

Lorenzo zuckte die Achseln. »Das werden wir sehen.«

Sarah blickte dem kleinen Vogel nach und wisperte: »Mach's gut, kleiner Pieps.« Dann wendete sie sich zu Lorenzo um. »Ich muss jetzt in die Burg zurück.«

Er nickte. »Bis morgen oder übermorgen«, sagte er.

Sarah nickte zurück. »Okay.«

Ihr Hals war ganz eng. Sie drehte sich schnell weg und stapfte los. Sarah würde nicht wiederkommen. Morgen nicht und auch übermorgen nicht. Den Reitkurs würde sie sausen lassen, und Lorenzo würde sie nie mehr wiedersehen.

In den letzten Tagen vor dem Oktoberfest schrieben sie noch zwei Klassenarbeiten. In Deutsch mussten sie sich eine Sage ausdenken und in Mathe ging es um quadratische Gleichungen.

»Das wird 'ne astreine Fünf«, orakelte Dina. »Ich kapier das mit dieser dämlichen Umstellerei einfach nich«, regte sie sich auf. »Echt.«

»Aber das geht doch ganz genauso wie mit den einfachen Unbekannten«, versuchte Sarah ihr auf die Sprünge zu helfen. Sie selbst hatte mittlerweile überhaupt keine Probleme mehr in Mathematik. Frau Mailander zog zwar ganz schön am Stoff, aber sie konnte tausendmal besser erklären als Herr Knoche. »Trotzdem«, murrte Dina und beugte sich mit hochrotem Kopf über ihr Heft. »Das is, als ob ich plötzlich marsianisch rechnen soll.«

»Dann musst du eben auch Nachhilfestunden nehmen«, sagte Sarah. »Mir hat es auf jeden Fall geholfen.«

»Ach Blödsinn!«, erwiderte Dina. Entschlossen klappte sie ihr Heft zu und ließ es zusammen mit den anderen Unterlagen in ihrem Rucksack verschwinden. »*Eine* Fünf kann ich mir doch leisten. Immerhin steh ich in Bio glatt drei.«

Sarah seufzte leise. Für ihren Geschmack war diese Rechnung entschieden zu wackelig. Schließlich stand Dina in Englisch und Deutsch bloß auf ausreichend. Wenn sie auch nur in einem der beiden Fächer weiter abrutschte, konnte die Sache verdammt ins Auge gehen. Es war mal wieder typisch Dina, dass sie sich darüber überhaupt keine Gedanken machte. Sie befasste sich mit den Katastrophen immer erst dann, wenn sie direkt vor der Tür standen. Vorausschauen, geschweige denn Vorausarbeiten, waren ganz und gar nicht Dinas Dinge.

Sarah hatte allerdings keine Lust, gegen den Sturm anzureden. Sie konzentrierte sich auf ihre eigene Lernerei. Es machte ihr sogar Spaß und außerdem lenkte es sie von dem Trouble mit Nelly und dem Chaos mit Lorenzo ab. Sobald sein Gesicht auf ihrer inneren Leinwand auftauchte, verbannte sie ihn sofort in die hintersten Winkel ihrer Gedächtniszellen. Bloß nicht an ihn denken, war Sarahs Motto, dann würden all die dusseligen Gefühle schon verblassen. Schließlich war ihr das mit Alex auch gelungen. Mittlerweile schlug nicht einmal mehr ihr Herz schneller, wenn sie ihn traf. Dass das eventuell mit Lorenzo zusammenhängen könnte, wollte sie nicht wahrhaben.

Es durfte nun mal nicht sein und damit basta!

Am späten Nachmittag vor dem Oktoberfest trafen die *Crazy Bones* ein. Sie reisten mit ihrem Bandbus an, der sofort von sämtlichen Sardinenburgbewohnern umringt wurde. Sarah und Dina lehnten sich neben dem Eingang gegen die Wand. Sie fanden es angesagt, sich etwas im Hintergrund zu halten. Denn auf diese Weise konnten sie sowohl Nelly als auch Sonia bestens im Auge behalten.

Zibo, wie Nellys Vater sich nannte, begrüßte seine Tochter nur kurz. Er drückte Nelly flüchtig an sich, tätschelte ihr die Wange und ergriff dann lachend die Hände, die ihm entgegengestreckt wurden.

»Kann ich ein Autogramm bekommen, bitte?«, fragte Frederik, woraufhin die Bandmitglieder direkt von allen Seiten bestürmt wurden.

»Oja!« – »Ich auch!« – »Kann ich bitte auch eins haben?«

»Nix da!«, funkte das Ehepaar Buchstedt energisch dazwischen. »Jetzt lasst die Herren doch erst einmal hereinkommen.«

»Ach, das ist doch überhaupt kein Problem«, sagte Zibo. »Schließlich sind wir diesen Andrang gewohnt.«

Dina warf Sarah einen vielsagenden Blick zu. So ein arroganter Arsch!, war sozusagen in Leuchtbuchstaben in ihren dunklen Augen zu lesen. Keine Frage, Nellys Vater war bei ihr jetzt schon unten durch und auch Sarah fand ihn ziemlich unsympathisch. In der Hauptsache hatte das damit zu tun, dass er Nelly, die mit roten Backen und glänzenden Augen neben ihm stand, überhaupt nicht beachtete. Aber auch sonst fand Sarah diesen Mann seltsam kühl und unbewegt, so, als ob er sich eine Maske übergestreift hätte.

Inzwischen hatte die Internatsleiterin sich bis zu ihm durchgekämpft. »Wollen Sie sich denn nicht erst einmal frisch machen?«, bot sie ihm an. »Mein Mann und ich würden Ihnen gerne Ihre Zimmer zeigen. Natürlich kann Nelly Sie begleiten. Sie und Ihre Tochter haben sich doch sicher eine Menge zu erzählen.«

Zibo winkte ab. »Dazu haben wir in den Ferien auch noch Gelegenheit.« Er schüttelte den Kopf. »Nein,

nein. Alles, was wir jetzt gerne in Anspruch nehmen würden, wäre eine schöne Tasse Kaffee. Und wenn wir nebenbei ein paar Autogramme schreiben, ist das wirklich kein Problem.«

Unter den Internatsschülern brach ohrenbetäubender Jubel aus. Sofort drängten sie sich an Frau Buchstedt vorbei in die Eingangshalle der *Sardinenburg* und stürmten auf den Speisesaal zu. Nur Sarah und Dina, die keine Lust hatten, sich über den Haufen rennen zu lassen, und Sonia, die sich bisher erstaunlicherweise zurückgehalten hatte, gingen etwas langsamer.

Sarah hatte sich bei Dina untergehakt. Sie warf einen Blick zu Nelly hinüber, die wie ein siamesischer Zwilling an ihrem Vater hing, der sie seinerseits jedoch überhaupt nicht beachtete.

»So ein gemeiner Kerl!«, zischte Dina leise. »Ich wette, meiner würde es voll genauso machen. Echt.«

Sarah nickte und seufzte. Sie konnte Nelly nicht weiter anschauen, weil sich ihr Herz bei diesem erbärmlichen Anblick sofort verkrampfte. Hoffentlich macht Sonia keine große Schau, dachte sie niedergeschlagen. Aber das war wohl eine vergebliche Hoffnung, so wie die sich aufgebrezelt hatte:

Die langen schwarzen Haare hatte sie auf der rechten Seite in unzählige kleine Zöpfchen geflochten und mit Glitzerspray auf Hochglanz gebracht. Dazu trug sie eine helle gecrashte Workerhose, ein bauchfreies dunkelrotes Top und darüber ein zart rosafarbenes, durchsichtiges Blumenshirt mit Kräuselkanten. Eine Hand hatte sie lässig in der Hosentasche versenkt, und auf ihren hipmäßig angewetzten Sneakers schritt sie so lässig und gleichzeitig so anmutig daher wie eine Filmdiva.

»Ich halt das nicht aus«, murmelte Sarah.

Sie schaltete einen Gang höher und zog Dina hinter sich her durch die Tür des Speisesaals, wo die anderen bereits auf ihren Plätzen hockten und ungeduldig mit den Beinen zappelten.

Frau Buchstedt eilte in die Küche und orderte bei den ohnehin schon gestressten Köchen eine Kanne Kaffee und etwas von dem Blechkuchen, der eigentlich für den folgenden Festtag vorgesehen war.

Unterdessen nahmen Zibo und die anderen vier Bandmitglieder am Besuchertisch Platz. Nelly schnappte sich ihren Stuhl und zog ihn quer durch den Saal direkt neben ihren Vater. Offenbar war sie felsenfest entschlossen, ihm nicht mehr von der Seite zu weichen.

Frederik, Nils und die *Drillies* sprangen ebenfalls auf und machten Anstalten sich dazuzusetzen. Doch Herr Buchstedt stellte sich ihnen sofort in den Weg und wies sie auf ihre Plätze zurück.

»Och Mann!«, murrte Frederik. »Und wann kriegen wir unsere Autogramme?«

»Ja, genau!«, riefen gleich ein paar andere, und dann prasselten auf einmal aus allen Ecken die Fragen los.

»Wo kommen Sie gerade her?« – »Wie lange hat Ihre letzte Tournee gedauert?« – »Wie viele Grammys haben Sie schon bekommen?« – »Wie oft hat sich Ihre letzte CD verkauft?« – »Wie viel verdienen Sie so im Monat?«

Zibo lachte.

»Die letzte Frage beantworten wir nicht«, sagte er. »Nur so viel: Wir können ganz gut davon leben.«

»Und wann bekommen wir nun unsere Autogramme?«, rief Chantal ungeduldig.

»Morgen«, sagte Nellys Vater und zog ein bedauerndes Gesicht. »Sie sind nämlich leider noch in unserem Gepäck im Wagen.«

»Buuuuh!« Wieder sprang Nils von seinem Stuhl hoch und formte mit den Händen einen Trichter um seinen Mund. »Das ist Beschiss!«

»Das will ich nicht gehört haben!«, polterte Herr Buchstedt. »Noch so ein Ausdruck und du darfst in deinem Zimmer verschwinden.«

»Ja, ja.« Nils verdrehte die Augen und ließ sich auf seinen Stuhl zurücksinken. »Aber er hat doch gesagt, dass es kein Problem ist«, grummelte er. »So ein eingebildeter Arsch.«

Doch niemand hörte, was er sagte, weil sich ihr Ärger nun auf Herrn Buchstedt richtete. Einige machten dem Internatsleiter eine lange Nase oder streckten ihm heimlich die Zunge heraus. Sollte der etwas davon mitbekommen haben, so ließ er sich jedenfalls nichts anmerken.

»Ich glaube, der hat sich längst daran gewöhnt, dass ihn hier keiner leiden kann«, raunte Sarah Dina zu.

»Vielleicht findet der das sogar gut«, erwiderte Dina. »Es gibt ja so Leute, die das voll geil finden, wennse so richtige Scheusale sind.«

»Wieso?«, mischte Tini sich ein. »Er hat doch recht.

Man darf doch zu fremden Leuten nicht so unhöflich sein.«

Jane nickte. »Find ich auch.«

Dina warf den beiden einen genervten Blick zu, sagte aber nichts, sondern wandte genau wie Sarah ihren Kopf in Richtung *Crazy Bones*, die inzwischen damit angefangen hatten, die Fragen der Sardinenburgler zu beantworten.

Sarah hörte aufmerksam zu und beobachtete dabei ebenso aufmerksam Sonia, die sich zu Alex und Amy Too gesetzt hatte. Ihre Mundwinkel waren zu einem spöttischen Lächeln verzogen, das Sarahs Gefühl nach Nelly galt. Fragen stellte sie nicht und machte auch sonst keinerlei Anstalten, sich in den Vordergrund zu drängeln.

»Das gibt noch was«, murmelte Sarah.

Wie recht sie damit hatte, zeigte sich, als die Sprache auf das geplante Minicasting kam.

»Ich finde, das ist eine tolle Idee«, sagte Zibo. »Wie viele haben sich denn überhaupt dafür angemeldet?«

»Achtzehn«, sagte Frau Buchstedt.

Die Bandmitglieder sahen sich an.

»Das sind ein bisschen zu viele«, meinte Nellys Vater. »Wir werden eine kleine Auswahl treffen müssen. Ein Vorcasting sozusagen. Und dann fünf, vielleicht sechs auswählen.«

»Und was bekommt der Sieger?«, wollte Frederik wissen. »Einen Plattenvertrag?«

Zibo lächelte. »Das liegt nun wirklich nicht in meiner Macht.«

»Aber Sie haben doch bestimmt Connections«, warf Theresa ein.

Nellys Vater zuckte die Schultern. »Trotzdem. Nein, nein, ich würde sagen, der Sieger oder die Siegerin dürfen auf unserer nächsten Deutschlandtournee in ein oder zwei Städten mit uns auf der Bühne stehen. Voraussetzung ist allerdings: Er oder sie muss wirklich gut sein.«

Sonia lächelte überheblich und Chantal rief: »Und wann soll dieses Vorcasting stattfinden?«

»Nun, ich schlage vor, heute Abend nach dem Essen, wenn es den Herren recht ist«, sagte Frau Buchstedt mit einem Seitenblick auf die Bandmitglieder. »Sie können es in der Kellerdiskothek machen, und zwar unter Ausschluss der Öffentlichkeit.«

»Was heißt das denn schon wieder?«, brüllte Nils.

»Dass alle, die sich nicht angemeldet haben, auf ihren Zimmern bleiben oder sich den Vorbereitungen für morgen widmen«, erklärte die Internatsleiterin mit strengem Gesicht.

Natürlich brach sofort ein empörter Tumult los, aber Herr und Frau Buchstedt kannten kein Pardon und scheuchten erst mal alle aus dem Speisesaal.

»Eigentlich ist es gut, dass wir nicht wissen, wer sich zur Castingshow angemeldet hat«, meinte Sarah, als sie und Dina um Viertel vor neun den Waschraum verließen und über den Gang in ihr Zimmer huschten. »Die, die nicht ausgewählt werden, wären sonst garantiert verspottet worden.«

»Na ja«, meinte Dina abwinkend. »Ich wette, das sickert trotzdem durch. Spätestens, wenn Sonia ihre große Show abzieht.«

Sarah schob ihre Kulturtasche auf ihren Kleiderschrank und legte sich die Klamotten zurecht, die sie am nächsten Tag anziehen wollte. »Ich finde es ziemlich merkwürdig, dass sie sich bisher so zurückgehalten hat«, sagte sie, nachdem sie unter ihre Bettdecke geschlüpft war.

Dina, die ihr Waschzeug mitsamt dem feuchten Handtuch einfach ins oberste Schrankfach gequetscht hatte, ließ sich ebenfalls ins Bett fallen und brummte: »Ach, das is doch alles Taktik. Die wartet seelenruhig auf ihre große Stunde.«

Sarah nickte. Leise seufzend löschte sie das Licht. Sie hatte ein verdammt ungutes Gefühl im Bauch und wünschte sich nichts so sehr, als dass sich der morgige Tag einfach so aus ihrem Leben streichen ließe. Aber diesen Gefallen würde ihr das Schicksal nicht tun, das war schon mal so sicher wie das Amen in der Kirche.

Der Morgen begann in der ganzen *Sardinenburg* mit Hektik. Eine halbe Stunde früher als üblicherweise herrschte bereits großer Auftrieb in den Waschräumen. Die Luft war durchtränkt von Wasserdampf, Deo- und Haarspray und Parfüm. Alle schnatterten aufgeregt durcheinander. Es wurden Frisuren kreiert, Lippen geglosst und Lidstriche gemalt. Elektrische Zahnbürsten surrten und Haarklämmerchen fielen zu Boden.

Alle wollten möglichst hübsch aussehen. Schließlich

konnte man nicht wissen, ob man auf Zibo oder eines der anderen Bandmitglieder traf.

»Wisst ihr schon«, berichtete Dörte, »Nelly ist auch dabei.«

Sarah und Dina nahmen es mit Erleichterung und Herzklopfen auf.

»Ist ja wohl klar«, meinte Jane, die gerade dabei war, ihre pinky Ponysträhne wie einen Fächer nach oben zu gelen. »Immerhin ist sie die Tochter des Bandleaders.«

»Ach, das heißt doch überhaupt nichts«, erwiderte Chantal. »Gestern hat er schließlich die ganze Zeit so getan, als ob Nelly Luft für ihn sei.«

»Geschieht ihr recht«, fand Dörte. »Was tut sie auch immer so eingebildet! Sonia ist doch tausendmal schöner, schlauer und cooler als sie. Höchste Zeit, dass Nelly das endlich kapiert.«

Sarah bürstete sich rasch die Haare durch und mahnte Dina, sich zu beeilen.

Als die beiden ins Zimmer zurückkamen, war Sonia gerade aufgestanden.

»Na, biste schon aufgeregt?«, fragte Dina.

Sonia schaute sie überrascht an. Offensichtlich hatte sie im Traum nicht damit gerechnet, dass Dina jemals von sich aus mit ihr reden würde.

»Ein bisschen«, gab sie zu. »Aber eigentlich brauche ich mir gar keine Sorgen zu machen. Denn ich kann ja singen.«

Dina schleuderte ihren Bademantel aufs Bett und verdrehte in Sarahs Richtung die Augen. ANGEBERIN! stand in großen Buchstaben darin zu lesen.

Sarah schüttelte leise den Kopf. Sie fand es nicht angeberisch. Im Gegenteil. Sie hatte das Gefühl, gerade mal wieder die andere, die nettere Sonia vor sich zu haben, und so fasste sie sich ein Herz und sprach sie ganz offen an. »Nelly stirbt, wenn du heute gewinnst. Ausgerechnet du.«

Sonias Augen verdunkelten sich. »Ich weiß«, sagte sie schließlich. »Aber ich kann doch nichts dafür. Oder findest du, dass es meine Schuld ist?«

Sarah schluckte. Schließlich schüttelte sie den Kopf. Natürlich war das alles ganz allein Nellys Schuld. Und die ihres Vaters. Sonia hatte recht. Sie konnte nun wirklich nichts dafür, dass sie super aussah und zudem noch so klug und talentiert war. Und auch wenn sie diese Vorzüge manchmal nicht ganz korrekt einsetzte, konnte wohl niemand von ihr verlangen, dass sie aus Rücksicht auf Nelly zurücksteckte. Die beiden waren ja nicht mal Freundinnen.

»Aber ich finde es gut, dass du dir darüber Gedanken gemacht hast«, setzte Sarah hinzu, was ihr einen finsteren Blick seitens Dina einbrachte.

»Wie kannste nur!«, fuhr die Sarah auch gleich an, nachdem sie das Zimmer verlassen hatten und in Richtung Küche marschierten. »Du tust ja voll so, als ob Sonia der Edelmut in Person wär.«

»Jetzt übertreib mal nicht«, erwiderte Sarah. Sie war es leid, ständig wegen dem, was sie tat, kritisiert zu werden. »So übel ist Sonia nun auch wieder nicht.«

Dina schnaubte verächtlich und beschleunigte ihren Schritt. Doch Sarah fasste sie am Oberarm und hielt sie zurück. »Okay, es ist blöd, dass wir mit ihr auf einem Zimmer wohnen müssen«, sagte sie. »Ich hätte auch tausendmal lieber Frieden mit Nelly. Das weißt du ganz genau. Aber Sonia ist nicht einfach nur blöd. Manchmal finde ich sie sogar richtig nett.«

»Ja, ja, kann schon sein«, lenkte Dina ein. Sie blieb stehen und verdrehte ihre Augen genervt zur Decke. »Trotzdem hab ich null Lust, mich mit ihr zu befassen, okay? Mir is das mal so und mal so sein nämlich voll zu anstrengend. Echt.«

Sarah nickte. »Okay, okay«, meinte sie. »Hören wir auf wegen Sonia zu streiten. Ich hoffe nur, dass heute keine Katastrophe passiert.«

»Und ich hoffe, dass Nelly bald ihren Verstand wiederfindet«, brummte Dina.

Das hielt Sarah im Augenblick für ziemlich unwahrscheinlich. Sie verkniff sich jedoch eine Bemerkung dazu, sondern beeilte sich mit Dina in die Küche zu kommen, wo jede Menge Arbeit auf sie wartete.

Sonia Superstar

Am späten Vormittag riss die dichte Wolkendecke auf. Bis halb eins arbeiteten Sarah und Dina in der Küche. Sie dekorierten Salatplatten, schnitten Blechkuchen auf, retteten Suppen vor dem Anbrennen und schnitzten aus Möhren-, Zucchini- und Fenchelstücken kleine Fischformen heraus. Unterdessen errichteten die Internatler aus der Oberstufe zusammen mit Herrn Buchstedt, Herrn Kegel und einem Techniker der *Crazy Bones* die Konzertbühne. Mittelstufenschüler trugen emsig Tische und Stühle herbei, die in der Eingangshalle und nach kurzer Abstimmung mit Frau Buchstedt auch im Vorgarten verteilt wurden. Denn inzwischen schien die Sonne angenehm warm vom Oktoberhimmel.

Die Sextaner hatten die Aufgabe, die Tische mit Decken zu versehen, und während im Discoraum die

Proben für das Casting auf Hochtouren liefen, platzierten die Schüler der sechsten Klasse zusammen mit der Internatsleiterin und einer Küchenhilfe Geschirr und Besteck.

Gegen ein Uhr gab es für alle eine köstliche Gemüsesuppe mit aufgebackenem Weißbrot. Danach rannten alle in ihre Zimmer, um sich ein wenig auszuruhen und sich noch einmal so richtig für das Fest herauszuputzen.

Vor allem die Mädchen wurden von einem Verschönerungsfieber ergriffen, das sogar Dinas Temperatur in die Höhe schnellen ließ. Sie lieh sich von Sarah ein rosafarbenes T-Shirt mit gelben Streifen und Trompetenärmeln aus hellgrüner Häkelspitze aus und bändigte ihre widerspenstige Kringellockenpracht mit einem breiten Haarband. Anschließend strichelte sie sich mit zittrigen Fingern einen schwarzen Kajalstrich auf das untere Augenlid und klatschte sich zur Krönung noch ein halbes Pfund Lippgloss mit Glimmerpartikeln auf den Mund.

»Marvin wird dich kaum wiedererkennen«, meinte Sarah.

Sie selbst hatte auf große Gala verzichtet und nur ein wenig zartrosa Lippenstift aufgetragen. Dazu trug sie ein einfaches T-Shirt, eine weite Hose und ihre knielange Lieblingsjacke mit den Ärmeln, die bis zu den Fingerknöcheln reichten.

Sonia kam erst um kurz vor drei ins Zimmer gestürzt. Sie hatte wieder ihren Ich-bin-die-Allerbeste-und-ihr-könnt-mir-alle-mal-den-Buckel-runterrutschen-Gesichtsausdruck aufgesetzt, raffte ihr Waschzeug zusammen und stürzte zur Tür zurück.

»Wo warst du denn so lange? Das Fest geht gleich los«, sagte Sarah.

»Ach, sag bloß?«, erwiderte Sonia und schwebte hoch erhobenen Hauptes auf den Gang hinaus.

»Ich sag doch, dasse 'ne Zicke is«, brummte Dina und starrte ihr finster hinterher.

Sarah hielt es für besser, nicht schon wieder eine Diskussion wegen Sonia vom Zaum zu brechen, und so hakte sie sich bei der Freundin unter und zog sie ebenfalls auf die Zimmertür zu.

»Komm jetzt. Die ersten Gäste sind bestimmt schon da.«

»Und Marvin«, sagte Dina.

Und schon strahlte sie wieder.

Tatsächlich tummelte sich bereits ein ganzer Haufen Leute in der Eingangshalle und im Vorgarten. Direktor Gripsholm stand mit seiner Frau und Herrn Knoche am Kuchenbüfett und zeigte sich entzückt über die fischförmigen Nussplätzchen und den Blechkuchen, in dessen Guss ein schuppenartiges Muster gestrichelt worden war.

»Wirklich toll«, lobte er in die Runde. »Ihr habt euch alle Mühe gegeben, die Geschichte unseres Internates für jedermann anschaulich zu machen.«

Herr Knoche biss in einen Fischkeks und nickte eifrig dazu, so als ob er höchstpersönlich dafür verantwortlich war.

Nachdem der Schulleiter noch ein paar Worte mit einem Elternpaar gewechselt hatte, kam er auf Sarah und Dina zu, legte ihnen die Hände auf die Schultern und nahm sie ein Stück beiseite. »Wie habt ihr euch denn eigentlich inzwischen mit eurer neuen Zimmergenossin zusammengerauft?«, erkundigte er sich.

»Och, geht so«, meinte Dina ausweichend.

Sarah starrte auf seine graue Fischgrätjacke und murmelte: »Na ja, geht eigentlich. Freundinnen sind wir nicht unbedingt.«

»Habt ihr euch wenigstens mit Nelly verständigt?«, wollte Herr Gripsholm wissen.

Sarah schüttelte traurig den Kopf. »Wir würden ja gerne«, sagte sie. »Aber Nelly ist manchmal so stur ...«

»Stur is gar kein Ausdruck«, fuhr Dina dazwischen. »Die is richtig gemein, wennse sich unkorrekt behandelt fühlt. Die hat uns damals ja sogar den Wecker verstellt ...«

Sie biss sich auf die Unterlippe und guckte Sarah erschrocken an, die ebenso erschrocken zurückschaute.

»So etwas Ähnliches habe ich mir fast schon gedacht«, meinte der Schulleiter.

»Haben Sie uns etwa deshalb noch nicht für unser Zuspätkommen bestraft?«, fragte Sarah vorsichtig.

Direktor Gripsholm hob die Schultern und lächelte. »Könnte man so sagen, ja«, bestätigte er. »Ich habe die Zeit genutzt und eine ganze Menge in Erfahrung gebracht. Vieles davon erinnert mich an meine eigene Jugend.« Er zwinkerte Dina zu. »Trotzdem möchte ich euch darauf hinweisen, dass die Buchstedts oder der gute Herr Kegel immer ein offenes Ohr für eure Probleme haben. Diese Möglichkeit wird übrigens von euch allen sehr wenig in Anspruch genommen.«

»Na ja ...« Sarah zuckte mit den Schultern. »Frau Buchstedt hat doch so viel um die Ohren, besonders in der letzten Zeit wegen dieses Festes heute. Und Herr Kegel ist immer so traurig wegen Christopherus.«

Der Schulleiter fuhr sich über den eisgrauen Bürstenhaarschnitt und nickte nachdenklich. »Ja, das ist wirklich eine sehr unglückliche Angelegenheit, für die dringend eine Lösung gefunden werden muss«, murmelte er. Er nahm seine kantige Brille ab und schwenkte sie ein wenig hin und her. »Bisher ist mir allerdings noch nichts Befriedigendes eingefallen. Aber vielleicht habt ihr eine Idee.«

»Was soll'n wir da machen, wenn der Buchstedt so eklig is?«, platzte Dina heraus.

Vor Schreck rammte Sarah ihr den Ellenbogen in die Seite.

Direktor Gripsholm verzog allerdings keine Miene. »Ich weiß, dass ihr Probleme mit ihm habt. Aber glaubt mir, Herr Buchstedt hat es auch nicht leicht.«

»Wieso?«, entflutschte es Sarah. Seine Frau macht doch fast alles, wollte sie noch sagen, aber das schluckte sie im letzten Moment noch herunter.

»Darüber kann ich im Augenblick nicht sprechen«, erwiderte der Schulleiter. »Aber möglicherweise werdet ihr im Winterhalbjahr mehr darüber erfahren.«

Das klang spannend, fand Sarah, im Augenblick waren ihr ihre eigenen Probleme allerdings wichtiger. Auf jeden Fall war sie heilfroh, dass der Direx ihnen nicht mehr böse war.

»Der is echt voll okay«, meinte Dina, nachdem sie und Sarah sich von Herrn Gripsholm verabschiedet hatten und weitergewandert waren. »Ich frag mich langsam bloß, wo Marvin bleibt. Er wollte eigentlich ...« Sie brach ab, denn just in diesem Moment sahen sie ihn.

Er hockte zusammen mit Dörte an einem Tisch. Sie tranken Cola und unterhielten sich offenbar ziemlich gut.

Dina blieb wie angenagelt stehen. »Der kann doch nich ...!«, stieß sie empört hervor. »Ausgerechnet die! Diese alte Zicke is doch immer schon scharf auf ihn gewesen.«

»Jetzt reg dich nicht gleich so auf«, versuchte Sarah die Freundin zu beschwichtigen. »Du kannst Marvin schließlich nicht festbinden.«

Ein etwas ungutes Gefühl hatte sie allerdings auch. Was, wenn Nelly nicht nur Chantal auf Alex angesetzt hatte, sondern nun auch noch Dörte auf Marvin? Mit einem energischen Kopfschütteln wischte Sarah diesen Gedanken sofort beiseite. Nein, nein, das durfte einfach nicht sein! Das wäre so gemein, unerhört, unglaublich ... Schlicht und ergreifend nicht zu verstehen!

Sarah krallte ihre Finger in Dinas Oberarm. Jetzt galt es zu verhindern, dass die Freundin Marvin eine Szene machte. Wenn Nelly tatsächlich dahintersteckte, hockte sie garantiert irgendwo, um das Ganze heimlich zu beobachten.

»Wir setzen uns einfach dazu«, wisperte sie Dina ins Ohr. »Und dann sehen wir ja, wie Marvin reagiert.«

»Nix da«, knurrte die. »Der kriegt jetzt was zu hören.«

»Dina!!!«, mahnte Sarah eindringlich. »Schalt doch mal deinen Grips ein. Wenn du Marvin eine Szene machst, lacht Dörte sich halb tot. Sie wird garantiert sofort zu Chantal und Theresa rennen, und übermorgen weiß die ganze *Sardinenburg*, wie eifersüchtig du bist.«

Das half. Dina holte einmal tief Luft, ballte die Fäuste und nickte. »Du hast recht«, sagte sie und schob entschlossen ihr Kinn vor. »Wir sind jetz einfach mal total fröhlich und tun so, als ob überhaupt nix wär.«

Sarah grinste. Das war genau die Dina, wie sie sie sich im Moment am meisten wünschte. Die Freundinnen umärmelten sich und schlenderten lässig auf Marvin und Dörte zu. Doch die beiden beachteten sie überhaupt nicht.

»Hmhmhm«, machte Dina und ließ sich auf einen Stuhl plumpsen.

Sarah setzte sich neben sie. Marvin und Dörte reagierten immer noch nicht. Während sie sich über Lernprogramme für den Computer unterhielten, klebten ihre Augen wie hypnotisiert aneinander fest.

Sarah ruckelte auf ihrem Stuhl hin und her und warf Dina einen unschlüssigen Blick zu. Die Freundin sah so aus, als ob sie jeden Moment in sämtliche Einzelteile zerbersten würde. In ihrem Gesicht war nicht die geringste Spur von Fröhlichkeit mehr zu entdecken. Und Sarah konnte sie nur zu gut verstehen. Trotzdem wollte sie versuchen, das Schlimmste zu verhindern und Marvin doch noch auf sie aufmerksam zu machen, bevor es unkontrolliert aus der Freundin heraustrompetete.

»Mensch Dina!«, rief sie laut. »Ich bin ja so gespannt. Endlich werden wir die *Crazy Bones* live hören.«

Marvin riss sich von Dörte los und starrte Dina an. Plötzlich fing er an zu lachen. »Wie siehst du denn aus? Ich hab dich gar nicht erkannt.«

Sarah stöhnte leise und lehnte sich mit geschlossenen Augen in ihren Stuhl zurück. Jetzt war der Zug abgefahren, und sie konnte nur noch hilflos dabei zuschauen, wie er allmählich beschleunigte und auf das unerwünschte Ziel zu schoss.

»Was soll das heißen: Du hast mich nicht erkannt?«, keifte Dina auch schon los.

»Na ja, so wie du aussiehst«, sagte Marvin. »Mit diesen komischen schwarzen Strichen unter den Augen und dem Glibberzeug auf dem Mund. Das sieht ja aus wie Froschlaich.«

Sarah biss die Zähne aufeinander. Wie konnte er bloß so etwas sagen? Noch dazu vor Dörte!

Sie riss die Augen wieder auf, beugte sich Marvin entgegen und zischte: »Sie hat sich eben hübsch gemacht. Wie alle anderen auch.«

Dörte musterte Dina kurz, dann zog sich ein abfälliges Grinsen über ihr Gesicht. »Hübsch?«, wiederholte sie spöttisch. »Also hübsch ist ja wohl was …«

… *anderes* wollte sie wohl sagen, doch bevor sie es aussprechen konnte, schnitt Marvin ihr das Wort ab.

»Mir gefällst du ohne das ganze Zeugs immer noch am besten«, sagte er.

»Ja, dann …« Dina sprang von ihrem Stuhl auf. Ihre Augen glänzten feucht. »… dann eben nich!« Sie stieß den Stuhl so heftig zur Seite, dass er umstürzte, und rannte auf das Eingangstor der Burg zu.

Marvin stand ebenfalls auf. »Jetzt warte doch mal!«

Aber Dina war bereits verschwunden. Marvin drehte sich zu Sarah zurück und hob hilflos die Schultern. Was hab ich denn bloß falsch gemacht?, schien er sie fragen zu wollen.

»Ich glaube, wir müssen mal miteinander reden«, sagte Sarah.

Sie kniff die Augen zusammen und fixierte Dörte. Die schien allerdings nicht zu kapieren, dass es nun dringend an der Zeit war, das Feld zu räumen. Vielleicht wollte sie es auch ganz einfach nicht kapieren.

Zum Glück war Marvin nicht so stur. Er stand von seinem Stuhl auf und meinte: »Okay, lass uns ein bisschen rumlaufen. Meine Beine sind schon ganz steif.«

Sie ließen die verdatterte Dörte einfach sitzen und gingen ein Stück den Weg entlang, der zum Schulgebäude hinüberführte.

»Das war nicht nett von dir«, sagte Sarah. »Dina ist sowieso schon eifersüchtig gewesen und …«

»Eifersüchtig?« Marvin blieb stehen und blickte sie erstaunt an. »Aber wieso das denn?«

Sarah zog die Mundwinkel ein. »Dreimal darfst du raten.«

»Doch nicht etwa wegen Dörte?« Marvin schüttelte den Kopf, als ob er es nicht fassen könne.

»Volltreffer«, sagte Sarah.

»Aber das ist doch Quatsch«, erwiderte Marvin. »Dina weiß, dass ich sie mag und keine andere.«

»Vielleicht nicht.«

»Jetzt hör aber auf«, protestierte Marvin. »Oder hat sie dir was gesagt?«

»Sie braucht mir nichts zu sagen«, antwortete Sarah. »Sie ist meine Freundin. Ich spür genau, was mit ihr los ist.«

Marvin senkte den Kopf und schwieg.

»Am besten, du sagst ihr, dass es dir leid tut«, meinte Sarah.

»Was? Dass ich mich mit Dörte über Computerprogramme unterhalten habe?«

»Nein, dass du das mit dem Froschlaich auf ihrem Mund gesagt hast«, erwiderte Sarah.

Marvin nickte. Er schob die Hände in die Hosentaschen und schlenderte langsam wieder zurück.

»Am besten sagst du ihr dann auch gleich nochmal, dass du wirklich nur sie magst«, rief Sarah ihm hinterher.

Dina und Marvin tauchten erst am späten Nachmittag wieder auf. Sie hatten ziemlich gerötete Wangen. Ihre

Augen glänzten und auf Dinas Lippen war keine Spur von Froschlaich mehr zu entdecken. Ganz offensichtlich hatten die beiden sich ausgiebig versöhnt.

»Und?« Dina stupste Sarah in die Seite. »Was war hier so los?«

Nix Besonderes, wollte Sarah schon sagen. Aber das stimmte ja nicht ganz. Kurz nachdem Marvin in der Burg verschwunden war, hatte sie beobachtet, wie die *Drillies* die Köpfe zusammengesteckt und sich ebenfalls in Richtung Schulgebäude verzogen hatten. Dörte und Theresa waren nach einer Weile wieder aufgetaucht, und seitdem hingen sie wie die Kletten an Alex und Amy Too. Während Dörte Amy Too in ein Gespräch zu verwickeln versuchte, machte Theresa Alex so ungeniert an, dass es schon fast peinlich war.

»Aber sie hat keine Chance«, wisperte Sarah Dina zu. »Er guckt immer zu Amy Too. Ich glaube, er ist so wahnsinnig in sie verliebt, dass er andere Mädchen gar nicht bemerkt.«

Während sie das sagte, spürte sie einen leisen Stich im Herzen. Dann sah sie auf einmal Lorenzo vor sich. Sarahs Augen fingen an zu brennen und sie schaute schnell zur Seite. Zum Glück war Dina wieder mit Marvin beschäftigt und bekam davon nichts mit.

Sarah hatte keine Lust, mit irgendjemandem darüber zu reden. Nicht einmal mit Dina. Diese Sache musste sie ganz allein durchstehen. Und – verdammt nochmal! – das würde sie auch.

Gegen halb sechs betraten Sarah, Dina und Marvin die Aula des Schulgebäudes. Es war schon ziemlich voll, aber sie ergatterten dennoch einen Platz, von dem aus sie einen guten Überblick über die komplette Bühne hatten.

Es herrschte eine angespannte und aufgeregte Stimmung und alle waren froh, als es um kurz nach sechs dann endlich losging. Das Deckenlicht erlosch, und Direktor Gripsholm erschien im weißen Rampenlicht. Applaus ertönte, aber auch Pfiffe waren zu hören.

Der Schulleiter wedelte beschwichtigend mit den Händen und lächelte. »Ich weiß, dass ihr nicht gerade auf mich gewartet habt«, sagte er. »Aber ich finde trotzdem, dass eine richtige Ansage sein muss. Also …« Er reckte sich auf die Zehen, hob einen Arm in die Höhe und brüllte gegen den immer lauter werdenden Applaus an. »… ich freue mich ganz besonders, eine außergewöhnliche Band begrüßen zu dürfen. Die *Crazy Bones*!«

Der Spot ging aus und die Aula hallte von Rufen und Fußgetrampel wider, das urplötzlich von einem schrillen Gitarrensound durchschnitten wurde. Mit einem Schlag war die Bühne taghell. Buntes Lichtkonfetti ergoss sich über die Band und die vorderen Reihen und das Konzert begann.

»Cool!«, schrie Dina, nachdem sie Nellys Vater ein paar Minuten fasziniert angestarrt und dabei mit dem Fuß gewippt hatte. »Echt. Tausendmal besser als auf CD.«

Sarah nickte. Wie alle im Saal war auch sie völlig

hin und weg. Es war ihr erstes Konzert mit einer richtigen berühmten Rockband. Allein das war schon etwas Besonderes. Die Musik der *Crazy Bones* war einfach irre, und die Stimme von Nellys Vater ging Sarah durch Mark und Bein. Jetzt endlich konnte sie wirklich voll und ganz verstehen, warum Nelly so stolz auf ihn war.

Nach zehn Minuten tanzte und tobte die ganze Aula. Die Luft heizte sich auf und wurde ziemlich stickig. Aber das kümmerte niemanden, und als Nellys Vater eine gute Stunde später das letzte Stück ankündigte, erntete er empörte Buhrufe!

Insgesamt mussten die *Crazy Bones* drei Zugaben spielen, und wahrscheinlich wären sie gar nicht mehr von der Bühne gekommen, wenn das Casting nicht noch auf dem Programm gestanden hätte.

»Fünf musikalisch besonders begabte Schülerinnen und Schüler haben wir ausgewählt«, verkündete Zibo. »Wir beginnen mit Manueeel!«

Der Mittelstufenschüler sprang auf die Bühne. Um seine Stirn hatte er ein rotschwarzes Tuch gebunden, das auf dem Hinterkopf zusammengeknotet war. Außerdem trug er ein Mega-XXL-Shirt mit einem arabischen Schriftzug über der Brust und eine ultraweite Jeans. Die Band begann zu spielen und eine Gruppe Mädchen, allen voran die *Drillies*, bekam einen Kreischanfall.

Manuel ließ seinen Zeigefinger im Rhythmus der Musik vor- und zurückschnellen. »Ich sing euch nix, ich zeig euch den Beat«, rappte er los.

Danach gab er keinen einzigen Ton mehr von sich, sondern ließ sich zu Boden fallen und präsentierte dem begeisterten Publikum einen super Breakdance.

Nach ihm war ein Mädchen aus der Oberstufe an der Reihe, die eine mit bizarren Keyboard-Klängen aufgepeppte Opernarie zum Besten gab. Sie erntete nur mäßigen Applaus. Chantal und einem vorwitzigen Sextaner, der Enrique Iglesias ganz hinreißend kopierte, erging es da schon besser.

»Chantal scheint mächtig geübt zu haben«, raunte Sarah Dina ins Ohr. »Das hätte ich ihr gar nicht zugetraut.«

Dina nickte und Sarah sah sich besorgt nach allen Seiten um. »Ich habe Nelly noch gar nicht gesehen«, sagte sie. »Eigentlich sollte sie doch auch auftreten.«

»Ja«, erwiderte Dina. »Aber auf der Bühne steht jetzt Sonia.«

»Und nun die Letzte in der Runde«, kündigte Nellys Vater sie an.

Sarah drehte sich ebenfalls wieder nach vorne. »Sie hat nicht mal was Besonderes an.«

»Aber sie sieht trotzdem irre aus«, meinte Dina. »Da kannste machen, was de willst. Nämlich nix. Echt.«

In der Tat. Sonia hatte zwar immer noch die Frisur mit den Zöpfchen, sie trug aber nur eine einfache Jeans und ein ebenso simples T-Shirt.

»The *Crazy Bones* proudly presents ...!«, rief Nellys Vater ins Mikrofon. »... Christina Aguilera!«

Es ertönten die ersten Klänge von *Beautiful*, und Sonia legte los. Ihre Stimme war unglaublich kraftvoll.

Mit einer Hand umfasste sie den Mikroständer und wiegte ihre Hüften sanft im Takt der Musik.

»Wenn de die Augen zumachst, denkste es is wirklich X-Tina«, murmelte Dina verzückt.

Auch Sarah starrte zunächst wie gebannt auf die Bühne. Doch dann dachte sie auf einmal nur noch an Nelly. Wie schrecklich musste die sich jetzt fühlen! Ausgerechnet Sonia stand neben ihrem Vater auf der Bühne und sie selbst durfte nicht einmal am Casting teilnehmen. Die Siegerin stand ohnehin schon fest. Sonia war einfach konkurrenzlos gut. Sie würde offizielle Auftritte mit den *Crazy Bones* haben und sich im Stolz von Nellys Vater sonnen können. Nelly musste halb tot vor Eifersucht sein.

Sarah überlegte nicht lange. Alles, was zwischen ihnen vorgefallen war, hatte keine Bedeutung mehr. Sie packte Dina am Arm und zog sie quer durch die begeisterte Menge auf den Ausgang zu.

»He, was soll das?«, knurrte Dina. Sie wehrte sich mit Händen und Füßen, aber dann spürte sie wohl Sarahs Entschlossenheit und folgte ihr widerstrebend auf den Schulhof hinaus.

»Wir müssen Nelly suchen«, stieß Sarah hervor. »Ich habe ein richtiges Scheißgefühl.«

Dina erbleichte. »Du denkst doch nich …?«

»Ich denke gar nichts«, sagte Sarah. »Ich will bloß zu ihr.«

»Okay, okay.« Dina schob die Freundin weiter und dann rannten sie so schnell sie konnten auf die *Sardinenburg* zu.

Der Vorgarten war mittlerweile komplett leer gefegt. Nur in der Eingangshalle saßen noch ein paar Erwachsene beisammen, tranken Wein und aßen die Reste vom Büfett.

Sie warfen den Mädchen, die so eilig an ihnen vorbeidrängten, verwunderte Blicke zu, doch ehe sie etwas sagen konnten, waren Sarah und Dina bereits durch den Torbogen, der in den Mädchentrakt führte, verschwunden.

Das Zimmer von Amy Too und Nelly befand sich gleich im vorderen Teil. Atemlos stoppten die Freundinnen vor der Tür. Sarah hob die Hand zum Klopfen, doch Dina drückte direkt die Klinke herunter. Zum Glück war nicht abgeschlossen!

Erleichtert blickten die Mädchen sich an. Zwei Sekunden später standen sie im Zimmer. Sie brauchten nicht lange, um festzustellen, dass Nelly nicht da war.

»Wo kann sie bloß sein?«, presste Sarah hervor.

»Keine Ahnung«, murmelte Dina tonlos. »Vielleicht im Keller unten. Oder im Wald, am See ...« Hilflos und panisch schaute sie Sarah an. »Wir müssen sie suchen.«

»Aber nicht wir allein«, sagte Sarah entschieden. Diesmal wollte sie keinen Fehler machen. »Komm, wir gehen zu Rabea.«

»Aber die ist doch in der Aula«, entgegnete Dina.

Sarah schüttelte den Kopf. »Ist sie garantiert nicht. Sie kann diese laute Rockmusik doch gar nicht ausstehen. Und in der Eingangshalle habe ich sie auch nicht gesehen.«

Noch während sie auf Dina einredete, rannte sie weiter den Gang entlang auf Rabeas Zimmertür zu. Ungeduldig hämmerte sie dagegen.

»Ja, ja«, ertönte eine ungeduldige Stimme. Kurz darauf wurde die Tür einen zwanzig Zentimeter breiten Spalt geöffnet und Rabea blickte ihnen verwundert in die Augen. »Was ist denn mit euch los?«

»Wi-wir suchen Nelly«, stammelte Sarah. »S-sie ist verschwunden.«

»Klar ist sie verschwunden«, erwiderte Rabea leicht genervt. »Ihre Mutter hat sie abgeholt.«

»Ihre Mutter?«, fragte Sarah erstaunt und Dina brummte: »Woher solln wir das d'n wissen?« Sie beugte ihren Kopf ein wenig nach vorn und versuchte einen Blick in Rabeas Zimmer zu erhaschen. »Haste Besuch, oder wieso machste nich richtig auf?«

»Das geht euch gar nix an«, entgegnete Rabea.

»Is ja schon gut«, meinte Dina grinsend. »Hast ja sowieso noch was gut.«

Rabea stöhnte. »Ich mache keine Geschäfte. Kapiert?«

»Ja, ja.« Dina hörte gar nicht mehr auf zu grinsen. Sarah interessierte allerdings nur noch eins: »Wieso hat Frau Fereck Nelly abgeholt?«, fragte sie aufgeregt.

»Sie hat gestern Nacht hohes Fieber bekommen. Und da übermorgen sowieso die Herbstferien anfangen, haben wir beschlossen, sie gar nicht erst in den Krankenturm zu legen, sondern gleich nach Hause zu schicken«, erklärte Rabea ihnen. »Und was Nelly betrifft: der war das absolut recht so.«

Katastrophenauflauf

Es war ein äußerst mulmiges Gefühl, mit dem Sarah Anfang November in die *Sardinenburg* zurückkehrte. Zwei Wochen Herbstferien hatten einfach nicht gereicht, Abstand in die Geschichte zu bringen. Natürlich hatte Sarah sich ein bisschen ablenken können. Sie hatte ihrer Oma dabei geholfen, den Garten winterfest zu machen, und viel mit ihrer alten Clique unternommen.

Klar freute Sarah sich darauf Dina wiederzusehen. Aber das war auch schon alles, was sie zurzeit am Internat hielt. Und dabei hatte vor einem Jahr nach einem turbulenten Start doch alles so gut angefangen.

Sarah ertappte sich bei dem Wunsch, Sonia wäre niemals hier aufgetaucht. Den Zoff mit Nelly hätte es vielleicht trotzdem gegeben, aber bestimmt hätte sich das Ganze dann nicht derartig zugespitzt.

»Was machst du denn für ein Gesicht?«, wurde sie von Frau Buchstedt begrüßt. »Waren die Ferien etwa zu kurz?«

Sarah mühte sich ein Lächeln ab. »Die sind doch immer zu kurz.« Sie seufzte leise. »Vielleicht hab ich auch einfach keine Lust auf den Winter.«

Die Internatsleiterin tätschelte ihr die Schulter. »Am besten, du gehst erst mal auf dein Zimmer. Dina ist nämlich schon da.«

»Echt?« Sarahs Miene hellte sich ein wenig auf und sie beeilte sich, in den Mädchentrakt zu kommen.

Sie war an diesem Tag eine der Ersten und es war noch ziemlich ruhig in den Gängen. Als sie an Amy Toos und Nellys Tür vorbeikam, fing ihr Herz an zu klopfen. Sie verlangsamte ihren Schritt, stoppte schließlich und ging zögernd wieder zurück. Warum sollte sie nicht einfach anklopfen? Vielleicht hatte Nelly während der Ferien über alles nachgedacht und mittlerweile eingesehen, dass sie sich total blöd und gemein verhalten hatte. Womöglich würde sie sich ohnehin entschuldigen wollen, und wenn Sarah ihr jetzt entgegenkam, würde sie Nelly die Sache ein bisschen erleichtern.

Entschlossen stellte Sarah ihr Gepäck ab und tockte mit den Fingerknöcheln leise gegen die Tür. Sie wartete eine Weile, und als sich nichts rührte, versuchte sie es noch einmal. Diesmal etwas energischer. Aber es blieb alles still im Zimmer.

»Du bist vielleicht ein Blödi«, murmelte Sarah vor sich hin. »Da ist bestimmt noch niemand.«

Das war allerdings auch wieder Quatsch. Schließlich

wohnte Amy Too fest in der *Sardinenburg*. Zumindest sie musste also da sein.

Sarah atmete einmal tief durch. Sie fasste sich ein Herz und drückte die Klinke herunter. Die Tür war nicht abgeschlossen. Leise schob Sarah sie auf.

Ihre Augen wanderten über Amy Toos ordentlich gemachtes Bett. Der dazugehörige Schreibtisch war mit Schulbüchern, Heften und Sprachkassetten überfüllt. Mitten im Raum befand sich ein Regal, das den Blick auf das Mobiliar der zweiten Bewohnerin verstellte. Doch gleich daneben auf dem Boden standen ein paar Taschen und ein Koffer, die eindeutig Nelly gehörten.

Sarah schloss die Tür und tappte auf das Regal zu. Täuschte sie sich, oder hörte sie dahinter ein leises Schluchzen?

»Nelly?«, flüsterte sie.

Zwei Sekunden später stand sie vor dem Bett. Nelly hatte ihr Gesicht im Kopfkissen verborgen und zitterte am ganzen Körper. Sarah überlegte nicht lange. Sie hockte sich auf die Bettkante und legte Nelly sachte ihre Hand auf den Rücken. »Was ist denn los?«

Zuerst passierte eine unerträglich lange Zeit überhaupt nichts, außer dass Nelly weiter zitterte und zum Gotterbarmen in ihr Kissen schluchzte.

»Ist es wegen Sonia?«, fragte Sarah vorsichtig. »Oder wegen deinem Vater?«

»Nein«, presste Nelly dumpf heraus. Plötzlich schnellte sie hoch und schmiss sich der verdutzten Sarah in die Arme. »Lorenzo hat Schluss gemacht«, schniefte sie. »Einfach so. Ohne einen richtigen Grund.«

Sarah stockte das Herz. Sie fühlte sich völlig umnebelt, so als ob sie gar nicht richtig da wäre. Wie ein Roboter streichelte sie über Nellys Rücken. »V-vielleicht findet er, da-dass ihr euch zu wenig seht«, stammelte sie.

»Das ist es ja gerade!«, platzte Nelly heraus. Sie stieß sich von Sarah weg und blickte sie wütend an. »Er war die ganze Zeit über hier und wollte mich nicht sehen.«

»Wie? Er war die ganze Zeit über hier?«, wiederholte Sarah. Es fiel ihr unsagbar schwer, so zu tun, als ob sie wirklich überrascht sei. »Was meinst du damit?«

Nelly schob ihre Hand unter das Kopfkissen und zog einen zerknüllten Zettel darunter hervor. »Hier«, sagte sie. »Lies doch selbst.«

Mit klopfendem Herzen faltete Sarah den Zettel, den Nelly ihr in die Hand gedrückt hatte, auseinander und strich die unzähligen Knitterfalten glatt, um die feine, schnörkelige und für einen Jungen total unübliche Schrift überhaupt entziffern zu können.

Liebe Nelly, stand da
leider muss ich dir heute etwas sagen, das dir vielleicht ein bisschen wehtun wird. Ich glaube namlich, dass unsere Beziehung keinen Sinn mehr hat.
Ich bin seit September auf dem Reiterhof, um mich für das Weihnachtsturnier in Schwerin vorzubereiten. Zuerst wollte ich dich damit überraschen. Es war spannend, dich heimlich zu beobachten und mir vorzustellen, was du für Augen machen würdest,

wenn ich plötzlich vor dir stehe. Aber dann habe ich auf einmal gemerkt, dass ich mich gar nicht mehr so richtig darauf freue.
Bitte sei mir nicht böse. Wir können ja trotzdem Freunde bleiben.
Dein Lorenzo.

Ungläubig starrte Sarah auf die Zeilen. Lorenzo hatte tatsächlich mit Nelly Schluss gemacht! Erst jetzt schien das allmählich in ihre Gehirnzellen einzusickern.

Lorenzo hatte Schluss gemacht, und der Grund dafür war ja wohl klar: Es war wegen ihr. Weil er sich in sie, in Sarah, verknallt hatte. Doch davon hatte er zum Glück nichts geschrieben.

Nelly wischte sich mit dem Ärmel die Tränen aus dem Gesicht und blickte Sarah mit zusammengebissenen Zähnen an. »Der spinnt doch!«, zischte sie. »Oder etwa nicht?« Sie riss Sarah den Brief aus der Hand, knüllte ihn zu einer festen kleinen Kugel zusammen und warf ihn in den Papierkorb neben ihrem Schreibtisch. »Das lasse ich mir nicht gefallen. Ich werde mit ihm reden!« Ihre Augen weiteten sich. Sie packte Sarah bei den Schultern und rüttelte sie. »Nein. Ich hab da gerade eine noch viel bessere Idee«, stieß sie hervor. »Du wirst mit ihm reden!«

Natürlich hatte Sarah sich mit Händen und Füßen dagegen gewehrt. Sie konnte nicht mit Lorenzo reden. Sie wollte ihn nie, nie wiedersehen.

»Du machst es dir aber einfach«, hatte sie zu Nelly

gesagt. »Vor den Ferien hast du mich und Dina nicht angeguckt ...«

»Ja, vor den Ferien«, hatte Nelly leichthin geantwortet. »Inzwischen hab ich eben nachgedacht.«

Sarah war vom Bett aufgesprungen und im Zimmer auf- und abgelaufen. »Toll«, hatte sie gesagt. »Und was ist mit Entschuldigen? Immerhin hast du Dina und mich ganz schön reingeritten, als du meinen Wecker abgestellt hattest.«

»Ich war eben sauer«, hatte Nelly gesagt und mit den Schultern gezuckt. »Von euch hat sich ja auch keine entschuldigt.«

Dann hatte sie wieder angefangen zu heulen und Sarah hatte nicht mehr weiter auf ihr rumhacken können.

»Aber das hat doch überhaupt nix mit Rumhacken zu tun«, meinte Dina, mit der Sarah nun zusammen am Schreibtisch hockte und die Sachen für den ersten Schultag zusammenstapelte. »Man muss ihr doch sagen können, dasse sich voll daneben verhalten hat.«

Sarah hob die Schultern. »Du kennst doch Nelly«, entgegnete sie. »Egal, was sie für einen Mist baut, sie fühlt sich immer ein bisschen im Recht.«

Dina öffnete den Mund, um zu widersprechen, aber Sarah ließ sie nicht zu Wort kommen. »Außerdem hat sie gerade schrecklichen Kummer«, sagte sie. »Mit ihrem Vater und mit Lorenzo. Darauf müssen wir Rücksicht nehmen.«

»Dann willste ihr also einfach so verzeihen?«, vergewisserte Dina sich ungläubig.

Sarah nickte. »Eigentlich schon.« Sie bemerkte Dinas skeptischen Blick und fing an zu drucksen. »Erst mal wenigstens. Immerhin sind wir Sardinenfreundinnen. Da müssen wir doch füreinander da sein.«

Dinas Augenbrauen verschwanden unter ihren Kringellocken. »Erst mal?«, wiederholte sie mit Fragezeichenblick und schüttelte den Kopf. »Erst mal verzeihen gibt es nich. Es gibt nur entweder – oder.«

Da musste Sarah Dina recht geben.

»Aber irgendwann müssen wir ihr sagen, wie bescheuert wir ihr Verhalten fanden«, wandte sie ein. »Vielleicht wenn der Liebeskummer vorbei ist und Sonia ...«

»Das mit Sonia kannste vergessen«, brummte Dina. »Die is nun mal da. Die kann man nich wegzaubern. Mit der muss Nelly sich abfinden obse will oder nich.«

In dem Punkt musste Sarah der Freundin ebenfalls recht geben. »Aber Lorenzo, den wird sie doch vielleicht irgendwann vergessen«, murmelte sie.

»Und wenn nich?«, meinte Dina.

Ja, wenn nicht, dann wusste Sarah auch nicht weiter.

»Vielleicht nützt es ja doch was, wenn de mal mit ihm redest«, schlug Dina vor.

»Und wenn nicht?«, sagte nun Sarah laut.

Dass sie Lorenzo nicht sehen wollte, konnte – nein, wollte – sie der Freundin ja nicht sagen. Niemand sollte etwas davon wissen. Auch Dina nicht. Nur dann konnte Sarah absolut sicher sein, dass auch Nelly niemals erfahren würde, dass sie und Lorenzo ein Geheimnis hatten.

»Das weisste erst, wenn de es gemacht hast«, sagte Dina. Sie blickte Sarah herausfordernd an. »Oder liebste ihn so doll?«

»Quatsch!«, log Sarah. »Wenn überhaupt, ist das alles bloß Einbildung gewesen.«

Ihr Herz hämmerte gegen ihr Brustbein. Hoffentlich merkt Dina nichts, dachte sie, aber die Freundin hatte den Schwindel offenbar gefressen.

»Ja, also …«, sagte sie.

Sarah schluckte. »Und dann?«

»Dann muss Nelly uns auf Knien anflehen, dass wir ihr verzeihen«, sagte Dina und grinste.

Sarah nickte. Irgendwie war sie erleichtert, dass die Freundin kein großes Tamtam wegen Nelly machte. Wenn Dina sich jetzt stur gestellt hätte, wäre alles nur noch schwieriger geworden.

Die Sache mit Lorenzo war schon heftig genug. Über den Brief, den er Nelly geschrieben hatte, war Sarah alles andere als glücklich. Für sie wäre es am einfachsten, wenn er und Nelly wieder zusammenkämen. Dann würde sie mit ihren Gefühlen am besten klarkommen. So wie es schließlich auch bei Alex und Amy Too gewesen war.

»Okay«, sagte sie. »Ich mach's.«

Obwohl Nelly und Dina drängelten wie nur was, ließ Sarah sich über eine Woche Zeit. Ständig fand sie neue Ausreden, warum sie keine Zeit hatte, zu Lorenzo zu gehen.

Zuerst waren es ihre Sachen, die neu in Schrank und

Schreibtisch einsortiert werden mussten, dann das Geschichtsreferat, die Mathearbeit und zu guter Letzt Sonia, die sie nach der Versöhnung mit Nelly unbedingt wieder aus dem Zimmer haben wollten.

Doch Sonia stellte sich quer. »Ich hab gerade alles erst eingeräumt«, sagte sie. »Bis zu den Osterferien rühr ich mich nicht vom Fleck.«

»Klar«, schnappte Nelly. »Von dir hab ich auch nix anderes erwartet.«

»Du bist ja nur neidisch«, schnappte Sonia zurück. »Weil ich besser aussehe als du, weil ich alles besser kann als du und vor allem, weil dein Vater mich so toll findet.«

Nellys Arm wirbelte durch die Luft. Klatsch!, machte es.

Sonia schrie auf. Ihre Backe fing an zu glühen. »Du alte Mistkröte!«, keifte sie. Sie stürzte sich auf Nelly und riss sie zu Boden.

»Hört auf!«, brüllte Sarah, packte Nelly am Pulli und versuchte sie von Sonia wegzuziehen. Doch die beiden hielten sich so fest umklammert, dass es nicht möglich war, sie zu trennen. Blindlings schlugen sie aufeinander ein. Dann bekam Nelly eine dicke Strähne von Sonias Haaren zu fassen und zerrte wie eine Wahnsinnige daran herum.

Vor Schmerzen traten Sonia die Tränen in die Augen. Aber sie wollte sich offenbar nicht unterkriegen lassen. Sie umfasste Nellys Unterarme und drückte ihr mit aller Kraft die Fingernägel ins Fleisch. »Lass los!«, zischte sie.

»Erst du«, presste Nelly zwischen den Zähnen hervor.

»Vergiss es«, ächzte Sonia und drückte noch fester zu.

Nelly verzog das Gesicht und stöhnte, gab jedoch keinen einzigen Millimeter nach.

»Jetzt hört sofort auf!«, befahl Sarah. »Das bringt doch nichts.«

»Wieso?«, meinte Dina, die ganz entspannt auf ihrem Bett hockte und die Keilerei zwischen Nelly und Sonia mit offensichtlichem Vergnügen verfolgte. »Lasse doch machen. Ich bin gespannt, wer zuerst aufhört. Echt.«

»Ihr seid ja bescheuert«, knurrte Sarah. »Alle drei. Ich hab keine Lust, dass hier gleich das Zimmer mit Haarbüscheln und Hautfetzen übersät ist. Ich hol jetzt Rabea.« Wild entschlossen stapfte sie auf die Tür zu.

»Du bis auch bescheuert«, rief Dina.

Sie sprang vom Bett herunter und wollte Sarah zurückhalten. Doch die war schneller. Sie schlüpfte auf den Gang hinaus, drückte Dina die Tür vor der Nase zu und stürmte ohne anzuklopfen in Rabeas Zimmer.

»Himmel nochmal!«, fluchte die. »Wenn das so weitergeht, werde ich mir von Herrn Kegel ein Sicherheitsschloss anbringen lassen.«

Sarah machte eine ungeduldige Handbewegung. »Du musst sofort kommen«, sagte sie aufgeregt. »Nelly und Sonia bringen sich um.«

Rabea verdrehte die Augen. Sie legte das Buch, in dem sie gerade las, zur Seite und erhob sich aus ihrem Sessel. »Was ist denn jetzt schon wieder los?«

»Nelly möchte in unser Zimmer zurück«, erzählte Sarah atemlos. »Aber Sonia will nicht ausziehen.«

»Du liebe Güte!« Stöhnend folgte Rabea Sarah über den Flur. »Was für ein Hin und Her! Eure Sorgen möchte ich mal haben.«

»Kannste ja nich«, wurde sie von Dina an der Tür begrüßt. »Schließlich wohnste als Einzige allein.«

»Ja, ja.« Rabea ging an ihr vorbei und betrat das Zimmer.

Sonia und Nelly lagen noch immer am Boden und hielten sich aneinander festgekrallt. Ihre Augen waren rot und glasig, und ab und zu gab die eine oder andere einen verzweifelten Schmerzenslaut von sich.

»Loslassen!«, donnerte Rabea. Sie stemmte die Fäuste auf die Hüften und sah mit todfinsterer Miene auf die Mädchen hinunter. »Aber sofort!«

»Das kannste vergessen«, brummte Dina. »Da musste schon eine von beiden erschießen. Sonst bleiben die für den Rest ihres Lebens so.«

Rabea warf Dina einen missbilligenden Blick zu. »So ein Blödsinn«, sagte sie. Sie ließ sich auf Sarahs Stuhl fallen und verschränkte die Arme über der Brust. »Irgendwann werden ihre Kräfte nachlassen. Wir brauchen bloß abzuwarten.«

Dina schüttelte den Kopf. »Da weiß ich was Besseres«, verkündete sie und verschwand mit einem schelmischen Grinsen um die Mundwinkel aus dem Zimmer.

Sarah seufzte leise. Auch sie hielt es für keine gute Idee, einfach dabei zuzuschauen, wie Sonia und Nelly sich gegenseitig Haare und Haut vom Körper schälten.

»Wenn die nicht gleich aufhören, müssen sie beide zu Schwester Helen in den Krankenturm«, murmelte sie.

»Ach, weißt du«, meinte Rabea unerwartet gelassen, »eine von beiden wird ganz sicher klüger sein als die andere.«

Obwohl ihre seltsam verrenkte Position kaum eine Bewegung zuließ, drehten sowohl Nelly als auch Sonia ihre Augen in Richtung Rabea.

»Und klüger ist immer diejenige«, fuhr sie fort, »die ...«

Weiter kam sie nicht, denn in diesem Augenblick kam Dina ins Zimmer zurückgestürmt. Sie trug ein rotes Ding vor sich her, richtete es auf die Streithennen, und ehe Rabea und Sarah überhaupt kapierten, was sie vorhatte, schoss ein weißer Strahl auf Sonia und Nelly hinab. Es zischte und sprudelte, und ein paar Sekunden später waren die Mädchen mit einer dicken weißen Schaumschicht überzogen.

Laut kreischend stoben sie auseinander und gingen nun auf Dina los.

»Bist du bekloppt!«, keifte Nelly.

»Na warte!«, knurrte Sonia.

»Stopp!«, brüllte Rabea. Mit einem Satz war sie auf den Beinen, packte Sonia von hinten am Pulli und riss sie zurück. »Jetzt ist endgültig Schluss mit lustig.«

Gleichzeitig sprang Sarah zwischen Dina und Nelly und hob abwehrend die Hände. »Jetzt hört endlich auf, sonst sperrt Frau Buchstedt uns noch in Einzelzellen.«

»Ganz genau«, sagte Rabea. »Ihr habt jetzt nur noch eine einzige Möglichkeit. Entweder ihr klärt die Angelegenheit in Ruhe oder ich informiere die Internatsleitung. Dann soll Frau Buchstedt entscheiden und ihr müsst auf meine Hilfe verzichten.«

»Hilfe? Pah!«, schnaubte Nelly. »Du willst doch sowieso nur deine Ruhe haben.«

»Bingo«, meinte Rabea. »Mit Ruhe, wie ich eben schon sagte, kommt man nämlich immer noch am schnellsten zum Ziel.«

»So'n Quatsch«, sagte Dina. Sie stellte den Feuerlöscher auf dem Boden ab und warf sich auf ihr Bett. »Mit Ruhe haben wir noch nie was geregelt.«

»Dann solltet ihr das vielleicht endlich mal probieren«, schlug Rabea vor, während sie Nellys und Sonias Wunden untersuchte. »Es nützt nämlich überhaupt nichts, wenn ihr jetzt die Schlafplätze tauscht und in ein paar Tagen feststellt, dass ihr euch immer noch nicht grün seid.«

»So'n dummer bescheuerter Quatsch!«, wiederholte Dina. »Sarah und ich sind froh, dass mit Nelly endlich wieder alles paletti is.«

Rabea blickte die Mädchen scharf an. »Ist es das wirklich?«, fragte sie. »Habt ihr euch überhaupt schon richtig ausgesprochen? Ich meine, immerhin ist eine ganze Menge zwischen euch vorgefallen. Das wischt man nicht einfach so aus der Weltgeschichte.«

Dina, Sarah und Nelly guckten betreten zu Boden. Rabea hatte zweifellos recht. Trotzdem schien es leichter zu sein, das, was gewesen war, zu vergessen und ohne viel Tamtam wieder von vorn anzufangen. Schließlich waren sie die *Sardinen*. Da wäre es ja wohl gelacht, wenn sie es nicht packten!

Doch Rabea wollte es ihnen nicht so einfach machen. »Ich gebe euch zwei Wochen«, sagte sie. »Wenn ihr dann immer noch zusammenwohnen wollt, okay …«

»Ich ziehe nicht aus«, sagte Sonia. »Nicht jetzt und nicht in zwei Wochen. Damit das mal klar ist.«

Rabea schüttelte den Kopf. »Du willst also allen Ernstes mit zwei Mädchen zusammenwohnen, die dich offensichtlich nicht bei sich haben wollen?«, fragte sie erstaunt.

Sonia zuckte die Achseln. »Ja und? Sarah und Dina konnten mich die ganze Zeit über schon nicht leiden«, sagte sie, kreuzte die Arme und legte hochmütig den Kopf in den Nacken. »Ich bin bestens damit klargekommen.«

Bestens? – Sarah schaute Sonia erstaunt an. Klar, sie hatten nun wirklich nicht gerade viel miteinander geredet. Aber manchmal, wenn Sonia ihre nette Phase gehabt hatte, dann war sie ganz eindeutig darum bemüht gewesen, sich zumindest mit Sarah zu verstehen.

Dina konnte ja ihretwegen denken, was sie wollte, aber Sarah nahm Sonia diese Coolness nicht ab. Sie war sich ganz sicher, dass auch diese supertolle, augenscheinlich immer und allen überlegene Sonia mit dieser Situation nur schwer zurechtkam. Sarah glaubte sogar, eine verdächtige Röte in ihren Augen erkennen zu können. Doch dann drehte Sonia sich weg, schnappte sich ihr Waschzeug und schritt wie eine Prinzessin zur Tür.

»Ich geh jetzt duschen.«

Rabea nickte Nelly zu. »Das solltest du auch tun«, meinte sie. Dann wandte sie sich an Dina. »Und du bringst bitte den Feuerlöscher zu Herrn Kegel. Aber ein bisschen dalli.«

»Ja, ja.« Murrend erhob Dina sich von ihrem Bett.

»In zwei Wochen reden wir nochmal über alles«, sagte Rabea. »Notfalls auch mit Frau Buchstedt.«

»Ich find das unmöglich!«, regte Dina sich auf. »Was mischt sich diese dumme Rabea eigentlich überall ein! Das geht sie doch voll überhaupt nix an. Echt.«

Inzwischen war es kurz nach sieben Uhr abends, und die drei Mädchen hatten sich mit einer Gemeinschaftsdose Sardinen auf Nellys Bett zusammengehockt. Amy Too war noch mit Alex, Marvin und ein paar anderen im Tischtennisraum, um das Trainingsprogramm für die nächste Hausmeisterschaft durchzusprechen.

»Vielleicht hat sie recht«, meinte Sarah kleinlaut. »Vielleicht sollten wir wirklich erst mal über alles reden, uns gegenseitig entschuldigen und so, bevor wir wieder zusammenziehen.«

»Du klingst wie 'ne Ehefrau«, brummte Dina, nachdem sie einen dicken öligen Bissen heruntergeschluckt hatte.

Sarah zog die Mundwinkel ein. »Na und?«, erwiderte sie. »Mir tut es jedenfalls leid, dass wir uns so gestritten haben, und wenn ich an irgendwas schuld bin, dann …«

»Schon gut.« Nelly, die bisher keinen Laut von sich

gegeben und wie in Trance vor sich hin gestarrt hatte, schüttelte den Kopf. »Ich bin hier die Böse. Das weiß ich und darüber brauchen wir auch nicht zu reden.«

»Na, du bis vielleicht gut. Echt«, platzte Dina heraus. »Wenigstens entschuldigen kannste dich ja wohl. So viel Mist wie du in zwei Monaten gemacht has, hab ich in meinem ganzen Leben noch nich gebaut.«

Nelly wurde blass, und Sarah warf Dina einen empörten Blick zu.

»Jetzt hör schon auf. Oder willst du noch mehr Zoff?«

Dina stieß einen Schwall Luft aus und verdrehte die Augen zur Zimmerdecke. »Wieso denn? Du wolltest doch unbedingt reden«, warf sie Sarah vor.

Die Sardinendose, die sie auf ihrem Oberschenkel abgestellt hatte, schaukelte bedrohlich hin und her. Geistesgegenwärtig griff Sarah danach und schob sie auf das Nachtschränkchen, bevor sich der ölige Segen über die Bettdecke ergießen konnte.

»Können wir nicht einfach nochmal von vorne anfangen?«, murmelte Nelly. Sie schlug die Hände vors Gesicht und fing an zu schluchzen. »Ich hab doch längst kapiert, dass ich alles falsch gemacht habe. Aber die *Drillies* sind mir so auf den Zwirn gegangen und dann auch noch diese bescheuerte Sonia. Niemand hat zu mir gehalten. Auch ihr nicht ...!«

Dina riss empört die Augen auf. Bevor sie allerdings etwas sagen konnte, hatte Sarah ihr bereits die Hand auf den Mund gepresst.

»Dabei hab ich es doch gewusst«, wimmerte Nelly. »Ich hab geahnt, dass sie mir meinen Vater klaut. Der hat mich früher schon damit aufgezogen, dass ich so eine piepsige Stimme habe und nicht so gut singen kann wie er. Ich wünschte, er wäre mit seiner blöden Band gar nicht erst hierhergekommen. Und dann macht auch noch Lorenzo Schluss.« Nelly hob ihr tränennasses Gesicht aus den Handflächen und guckte die Freundinnen mit herzzerreißendem Augenaufschlag an. »Ich verstehe überhaupt nicht wieso. Es gibt nämlich gar keinen Grund. Außer, dass womöglich auch noch diese oberfiese Sonia dahintersteckt.«

Sarah spürte einen gewaltigen Stich in ihrer Brust. »Glaub ich nicht«, krächzte sie. »Sonia kennt ihn doch gar nicht. Sie geht nicht reiten und nix.«

Nelly schluchzte auf und ließ sich in Sarahs Schoß fallen.

»Och, Mensch«, murmelte Dina. Tröstend legte sie ihre Hand auf Nellys Kopf. Ihre Wut schien komplett verraucht zu sein.

Sarah seufzte leise und starrte auf die gegenüberliegende Wand. Es blieb ihr keine Wahl. Sie musste endlich mit Lorenzo reden. Das war sie Nelly schuldig. Und vielleicht konnte sie wenigstens diesen Teil der Welt wieder zurechtbiegen …

Der Vormittag glitt an Sarah vorbei wie ein Film. Sie konnte sich weder auf den Matheunterricht noch auf Erdkunde konzentrieren. Dabei war im Prinzip alles höchst interessant. Frau Mailander machte mit der Klasse einen Abstecher in den Computerraum, wo sie einfache Körper am Bildschirm konstruieren durften. Herr Knoche zeigte ihnen einen Film über die Armutsviertel der asiatischen Großstädte, in Deutsch besprach Frau Schnippzig eine spannende Kurzgeschichte, und in Musik hörten sie mit ihr Ausschnitte aus dem Musical *Starlight Express*.

»Vielleicht können wir im nächsten Frühjahr sogar eine Vorstellung in Hamburg besuchen«, machte sie der jubelnden Klasse Hoffnung.

Auch Sarah freute sich darüber. Sie hatte noch nie ein echtes Musical gesehen. Aber das bevorstehende Treffen mit Lorenzo überschattete auch diesen Lichtblick.

Nach dem Unterricht war ihr Magen so eng, dass sie von dem köstlichen Nudelauflauf kaum etwas herunterbekam.

»Wird schon«, meinte Dina.

Sarah seufzte. Sie war kurz davor, der Freundin zu erzählen, wie es wirklich war, nämlich dass nicht nur sie in Lorenzo, sondern er auch in sie verknallt war. Doch dann entschied sie zum x-hundertsten Mal, dass es besser war, ihr Geheimnis für sich zu behalten, und so machte Sarah sich um kurz vor drei am Nachmittag mit einem entsetzlichen Gefühl im Bauch auf den Weg zum Reiterhof …

»Lorenzo ist noch in der Halle«, sagte Frau Schirmeck. »In den letzten Tagen trainiert er besonders hart. Manchmal mache ich mir schon fast ein bisschen Sorgen um ihn.« Sie fuhr sich durch die kurzen lockigen Haare und lächelte ein wenig nervös. »Andererseits hat er schon immer gewusst, was er will, und im Moment wünscht er sich wohl nichts sehnlicher als den Sieg.«

»Ja«, sagte Sarah, weil sie nicht wusste, was sie sonst sagen sollte.

Frau Schirmeck tätschelte ihr die Schulter. »Aber keine Angst. Über deinen Besuch wird er sich bestimmt freuen. Ich glaube, er mag dich sehr und …«

Sarah senkte rasch den Kopf und Frau Schirmeck seufzte leise. »Es ist wirklich zu schade, dass du dich nicht weiter ausbilden lassen willst. Ich glaube, du bist ein echtes Talent.«

Sarah presste ihre Fingerspitzen aneinander. »Es geht wirklich nicht«, stammelte sie. »I-ich habe einfach zu viel um die Ohren. Für Mathe muss ich sehr viel lernen und in Englisch und …«

»Na ja, es läuft dir ja nicht davon«, versuchte die Besitzerin des Reiterhofs sie zu beruhigen. »Im nächsten Frühjahr sieht die Sache vielleicht schon ganz anders aus.«

Bestimmt nicht, dachte Sarah. Auch, wenn Lorenzo dann schon längst nicht mehr hier sein würde, würde sie den Reiterhof garantiert nie wieder betreten. Heute war das allerletzte Mal, das hatte sie sich geschworen.

Frau Schirmeck nickte ihr zu. »Am besten, du wartest in seinem Zimmer auf ihn. Ich sage ihm dann Bescheid.«

Sarah schluckte. Mittlerweile war ihr Hals so eng, dass kaum mehr ein Wort hindurchpasste. Und als sie durch den Garten auf das Haupthaus zulief, auf Lorenzos Zimmerfenster blickte und Pieps' Voliere sah, wäre sie am liebsten gleich wieder umgekehrt.

Doch sie riss sich zusammen. Wenn sie etwas für Nelly tun konnte, dann war es das hier. Mit zitternden Fingern öffnete sie die Tür und trat in Lorenzos Zimmer. Sie überlegte, wo sie sich hinsetzen sollte, und versuchte es mit dem Sessel. Dort hielt sie es aber nicht lange aus, also stand sie wieder auf und ging zum Fenster hinüber. Ihr Herz klopfte zum Zerspringen.

Plötzlich wurde die Tür aufgerissen und Lorenzo stürmte herein.

»Sarah!«, stieß er hervor.

Er kam auf sie zu und blieb einen knappen Meter vor ihr stehen. Seine dunklen Augen leuchteten. Er freute sich riesig, sie zu sehen. Das war sogar für ein blindes Huhn nicht schwer zu erkennen. Auch Sarahs Herz machte einen Sprung. Fast wäre sie zu ihm hingelaufen und hätte sich in seine Arme geschmissen. Wie hypnotisiert starrte sie ihn an. Schließlich gab sie sich einen Ruck, senkte den Kopf und drehte sich von ihm weg. »Ich bin gekommen, um über Nelly zu reden«, sagte sie stockend.

»Über Nelly?«, erwiderte Lorenzo. »Aber wieso denn über Nelly?«

Sarah blickte kurz auf, guckte dann aber schnell wieder auf ihre Finger. »Wir haben uns wieder versöhnt und …«

»Ich habe mit ihr Schluss gemacht«, fiel ihr Lorenzo ins Wort.

Sarah nickte. »Ich weiß. Nelly hat mir den Brief gezeigt.« Jetzt schaute sie ihn doch an. »Lorenzo, bitte überleg dir das nochmal, ja?«, flehte sie. »Sie ist total fertig.«

»Aber ich habe wegen dir Schluss gemacht«, stieß er hervor.

Sarah schüttelte den Kopf. »Es geht nicht«, krächzte sie. »Das hab ich dir doch schon gesagt. Nelly ist meine Freundin. Kapierst du das nicht?«

»Nee«, sagte Lorenzo. Das Leuchten in seinen Augen verschwand. Er sah so aus, als ob er jeden Augenblick losheulen würde. »Wir sind doch auch Freunde«, fuhr er fort. »Zählt das denn gar nicht?«

Doch, dachte Sarah. »Aber du bist bald wieder weg«, erwiderte sie. »Ich bleibe mit Nelly in der *Sardinenburg*. Ich hab sie total gern und ich will nicht, dass unsere Freundschaft kaputtgeht.«

Lorenzo presste die Lippen zusammen und sah sie ungläubig an. »Und ich? Ich soll so tun, als ob ich noch in sie verliebt bin?«, brachte er schließlich heraus. »Kannst du mir vielleicht mal sagen, wie das gehen soll?«

»Du könntest es ihr doch schreiben«, stammelte Sarah. »Wenn dein Turnier vorbei ist. Dann musst du sie gar nicht mehr sehen.«

»Du spinnst doch«, fuhr Lorenzo sie an. »Du bist ja nicht ganz dicht!«

Auf einmal war er dunkelrot im Gesicht. »Hast du überhaupt so was wie ein Herz?«, schrie er zornig.

Sarahs Augen brannten. Sie spürte, wie die Tränen

mit aller Macht nach draußen drängten. Aber sie riss sich zusammen. Wenn sie Lorenzo schon nicht dazu überreden konnte, mit Nelly zusammenzubleiben, dann sollte er sich wegen ihr wenigstens keine Hoffnungen mehr machen.

»Ich glaube, du hast das alles völlig falsch verstanden«, sagte sie mit starrem Gesichtsausdruck. »Wir haben uns um Pieps gekümmert. Und ich finde dich auch wirklich sehr nett. Aber mehr ist da nie gewesen.«

»Na, dann«, erwiderte Lorenzo kühl. Er kreuzte die Arme über der Brust und nickte in Richtung Tür. »Dann kannst du jetzt gerne wieder abflattern.«

Glück hoch drei

Sarah schaffte es noch bis zum Eingangstor des Reiterhofes, dann konnte sie die Tränen nicht mehr länger zurückhalten. Es war, als ob ihr jemand mit einem Schraubenzieher in der Brust herumstocherte. Schluchzend stolperte sie auf den Wald zu, schlüpfte zwischen den Bäumen hindurch und arbeitete sich weiter durchs Unterholz, bis sie auf eine größere, dick bemooste Fläche stieß. Dort hockte sie sich auf den Boden, lehnte sich gegen einen Baumstumpf und ließ ihren Tränen freien Lauf.

Noch einmal spielte sie alles durch. Die ganze Szene, die sich eben mit Lorenzo abgespielt hatte. Für ihn und Nelly gab es keine Chance mehr, da war Sarah sich mittlerweile ganz sicher. Wie blöde es doch gewesen war, zu glauben, dass sie zwischen den beiden vermitteln konnte! Vielleicht sollte sie nochmal zu Lorenzo zurückgehen und alles richtigstellen. Wenn Nelly wirklich ihre Freundin war, würde sie das doch verstehen.

Sarah versuchte, sich in sie hineinzuversetzen. – Mit dem Ergebnis, dass sie diese Geschichte an Nellys Stelle als riesigen Vertrauensbruch ansehen würde. Nein, nein. Das ganze Nachdenken hatte keinen Sinn. Sie musste sich Lorenzo ein für alle Mal aus dem Kopf schlagen. Und vielleicht war es sowieso besser so. Schon bald würde er nicht mehr da sein. Genau wie mit Nelly würde es auch zwischen Sarah und ihm nichts weiter als eine Ferienfreundschaft sein. Irgendwann würde Lorenzo sie vergessen und sich wieder in eine andere verlieben. Und das würde Sarah noch weniger aushalten können als den Kummer, den sie jetzt empfand.

Sie schluchzte noch einige Male auf, dann wischte sie sich die Tränen aus den Augen, rappelte sich auf die Füße und machte sich auf den Rückweg in die *Sardinenburg*. Ab sofort würde sie nur noch geradeaus schauen und ihre ganze Energie in die Schule und die Freundschaft zu Nelly und Dina stecken. Schließlich waren sie die ultimativen *Sardinen*. Das war das Wichtigste überhaupt und so sollte es – verdammt nochmal! – auch in alle Ewigkeiten bleiben!

Kurz bevor Sarah den Waldweg erreichte, hörte sie plötzlich Stimmen, die ihr bekannt vorkamen. Rasch huschte sie hinter eine dicke Eiche und lauschte.

Es schienen zwei Mädchen zu sein, die sich heftig miteinander stritten. Die Stimmen wurden lauter. Und sie schienen näher zu kommen. Sarah reckte den Kopf in Richtung Waldweg. Er war doch gar nicht mehr so weit weg. Eigentlich müsste sie doch ... Und tatsächlich. Plötzlich tauchten zwei Gestalten auf. Beide hatten lange schwarze Haare. Beide gestikulierten wie wild. Und beide – Sarah traute ihren Augen kaum – sahen aus wie Sonia!

»Das gibt's doch gar nicht«, murmelte Sarah.

Das war also die Erklärung dafür, warum Sonia manchmal nett und normal und dann wieder so biestig und eingebildet war. Sarah beschloss, der Sache auf den Grund zu gehen. Sie vergaß ihr immer noch glühendes Gesicht, verließ ihr Versteck und stapfte auf den Waldweg zu. Sonia und Sonia bemerkten sie erst, als es schon zu spät war. Sie blieben wie festgewurzelt stehen und starrten Sarah entsetzt an.

»Wa-was machst du denn hier?«, stammelte die eine.

»Was fällt dir ein, uns so einen Schrecken einzujagen!«, empörte sich die andere.

Sarah schüttelte den Kopf und grinste. »Du musst die Original-Sonia sein.«

»Wie kommst du denn darauf?«

Sarah zuckte die Schultern. »Nur so«, meinte sie und blickte von einer zur anderen. Die beiden Sonias waren absolut nicht voneinander zu unterscheiden. »Wieso weiß niemand, dass du ein Zwilling bist und warum ist nur eine von euch in der Burg?«

»Das geht dich überhaupt nichts an!«, fauchte die Original-Sonia.

»Und was ist, wenn sie uns verrät?«, erwiderte die

andere und zupfte ängstlich an der Jacke ihrer Zwillingsschwester.

Sarah kniff die Augen zusammen. »Ihr wechselt euch ab, stimmt's?«

»Und wenn schon!«, schnaufte die Original-Sonia.

»Sorry«, sagte die andere. »Meine Schwester ist manchmal ein bisschen schroff. In Wirklichkeit meint sie es aber gar nicht so.« Sie hob die Schultern und lächelte fast ein bisschen schüchtern. »Ich bin übrigens Tania.«

Sonia drückte ihr den Ellenbogen in die Seite. »Jetzt halt doch deine Klappe«, zischte sie.

»Aber wieso denn?«, verteidigte Tania sich. »Sarah weiß doch jetzt sowieso alles.«

»Und ich verrat euch auch nicht«, meinte Sarah. »Jedenfalls nicht, wenn ...«

Sofort machte Sonia einen Schritt auf sie zu. Sie hob drohend ihr Kinn und knurrte: »Wenn was?«

»Wenn ihr eine gute Erklärung habt«, sagte Sarah, und mit Nelly das Zimmer tauscht, dachte sie, behielt diese Forderung aber zunächst für sich. Erst mal wollte sie hören, was die Zwillingsschwestern zu erzählen hatten.

»Kommt, wir setzen uns auf die Bank da vorne«, schlug Tania vor, und während sie darauf zusteuerten, begann sie mit ihrer Geschichte. »Unsere Eltern haben nicht besonders viel Geld. Es reicht gerade, um eine von uns auf die *Sardinenburg* zu schicken.«

Sarah schüttelte den Kopf. Mit einer solchen Erklärung hatte sie im Leben nicht gerechnet und begann sich sofort zu fragen, ob Oma sich diese Schule für sie überhaupt leisten konnte.

»Und wer von euch beiden ist denn nun richtig angemeldet?«, fragte sie.

»Tania«, sagte Sonia. »Sie ist in allem ein bisschen besser als ich.«

»Außer in Musik«, meinte Tania. »Das ist einfach Sonias Welt. Ich kann dafür ganz gut rechnen.«

Sarah ließ sich als Erste auf die Bank plumpsen und guckte die Zwillinge verwundert an. »Dann habt ihr euch sogar in den Pausen ausgetauscht!«, stellte sie fest.

Tania nickte und schob sich neben sie. »Aber nur manchmal. Wenn ich zwischendrin eine Freistunde hatte oder erst später zum Unterricht musste. Sonst wäre die Zeit ein bisschen knapp gewesen.«

Es stellte sich heraus, dass Sonia auf das Goethe-Gymnasium ging, das mit öffentlichen Verkehrsmitteln in einer knappen halben Stunde zu erreichen war.

»Irgendwie kapier ich das nicht«, meinte Sarah. »Sonia könnte doch auch auf unsere Schule gehen, ohne im Internat zu wohnen.«

Sonia schüttelte den Kopf. »Das geht nicht. Ich wohne doch bei meiner Tante und die hat nur ein winziges Dachzimmer. Dort wäre gar nicht genug Platz für uns beide. Eine muss also aufs Internat.«

»Und die hat bisher auch noch nichts davon gemerkt, dass sie es nicht immer mit demselben Mädchen zu tun hat?«, fragte Sarah erstaunt.

»Ach iwo, sie kennt uns ja kaum«, erzählte Sonia

grinsend. »Das letzte Mal, als sie bei uns in Sinsheim zu Besuch war, waren wir sieben Jahre alt.«

»Umso netter eigentlich, dass sie eine von uns bei sich aufgenommen hat«, meinte Tania. »Schließlich hat sie selber kaum Platz.« Seufzend legte sie einen Arm um ihre Schwester. »Aber wir wollten uns auf gar keinen Fall trennen.«

»Und wir wollten auch nicht zusammen nach Südafrika«, fügte Sonia hinzu. »Dort sind unsere Eltern nämlich im Moment, weil mein Vater bei einem Straßenbauprojekt mitarbeitet. Das ist seine große Chance und die wollte er unbedingt nutzen. Außerdem«, fuhr sie fort, »ist es so total spannend. Ein richtiger Nervenkitzel. Und solange wir keine Freundschaften schließen, fällt es auch niemandem auf.«

Sarah stieß einen Schwall Luft heraus. »Deshalb also wollt ihr unbedingt bei Dina und mir im Zimmer bleiben«, rief sie.

»Genau.« Tania zwinkerte schelmisch. »Ihr könnt uns so wenig leiden. Es besteht also keine Gefahr, dass ihr uns näher kennenlernen wollt.«

»Das ist jetzt aber anders«, erwiderte Sarah.

Die Zwillingsschwestern guckten sie erschrocken an.

»Du hast versprochen, uns nicht zu verraten«, sagte Sonia empört.

»Ja, ja.« Sarah machte eine abwiegelnde Handbewegung. »Ich weiß von nichts. Aber …«

»Aber was?«, stieß Tania hervor.

»Das Zimmer müsst ihr trotzdem tauschen«, sagte Sarah und fügte dann augenzwinkernd hinzu: »Amy

Too wird euch schon nicht gefährlich werden. Die ist viel zu sehr mit Alex beschäftigt.«

Natürlich fiel es Sarah unglaublich schwer, Dina und Nelly nichts von Sonias und Tanias Geheimnis zu verraten. Zum Glück hatten die Zwillinge sich nicht mehr groß gegen den Zimmertausch gesträubt. Jetzt galt es nur noch, Rabea zu überzeugen, die immer noch darauf beharrte, die besagten zwei Wochen abzuwarten und erst dann zu entscheiden.

»Seid ihr wirklich mit allem durch?«, fragte sie und musterte Sarah, Dina und Nelly durchdringend.

»Klar sind wir das«, sagte Nelly sofort.

»Ihr auch?«, bohrte Rabea weiter. Sie drückte sich ihre Brille gegen die Nasenwurzel und zog eine Schnute, während sie abwechselnd Dina und Sarah fixierte.

»Na ja ...«, murmelte Sarah.

»Was denn?«, fragte Dina erstaunt.

»Es gibt da schon noch was, über das wir reden sollten.«

Nelly wurde blass, und Rabea sagte: »Na, dann mal los. Je eher ihr es hinter euch habt, desto besser.«

Oje, oje. Das war jetzt die ultimative Bewährungsprobe. Sarahs Herz klopfte ihr bis zum Hals hinauf. Wenn sie das nicht klar kriegten, dann war endgültig alles aus.

Rabea nickte den Mädchen noch einmal zu, dann schloss sie die Zimmertür. Nelly schob sich auf Dinas Schreibtischstuhl und schaute Sarah ängstlich entgegen.

»Ich weiß gar nicht, was du meinst«, krächzte sie.

Dina nickte. »Ich auch nicht.«

»Na, diese bescheuerte Wette natürlich, die du mit den *Drillies* geschlossen hast«, sagte Sarah.

»Aber das Thema is doch längst gegessen«, erwiderte Dina. Sie zwinkerte Nelly zu. »Haben Theresa, Dörte und Chantal ihren Preis eigentlich schon eingelöst?«

Nelly schüttelte den Kopf. »Nee, wir sind uns bisher nicht einig, wer überhaupt der hässlichste Junge ist.«

»Frederik«, sagte Dina sofort. »Oder Nils.«

»Na ja ...« Nelly hob die Schultern bis zu den Ohren hoch, »... es gibt in den höheren Klassen ja auch noch ein paar hübsche eklige Exemplare.«

»Darum geht es im Augenblick doch gar nicht«, sagte Sarah ungeduldig.

»Worum denn dann?«, wollte Dina wissen.

Sarah schaute Nelly geradewegs in die Augen. Dann holte sie einmal tief Luft. »Darum, auf welche Weise du die Wette gewonnen und was du dafür aufs Spiel gesetzt hast.«

Mit einem Schlag herrschte Stille im Zimmer. Weder Dina noch Nelly trauten sich nachzufragen. Dina rutschte nervös auf ihrer Bettkante hin und her und Nelly senkte schuldbewusst den Kopf.

»Aber das hab ich dir doch schon erklärt«, murmelte sie. »Musst du das denn jetzt unbedingt nochmal aufwärmen.«

»Allerdings«, erwiderte Sarah. »Schließlich geht es um Dina.«

»Ich hab's geahnt!«, rief die, sprang vom Bett auf und begann, im Zimmer auf und ab zu laufen.

»Und?«, hakte Sarah nach. »Willst du's gar nicht wissen?«

»Doch … Nein …« Argwöhnisch drehte Dina sich zu Nelly um. »Ist es sehr schlimm?«

Nelly schluckte. »Eigentlich schon«, gab sie unumwunden zu. »Andererseits habe ich genau gewusst, dass Marvin sich nicht darauf einlassen würde. Schließlich wollte ich den *Drillies* beweisen, dass sie sich ihren Großkotz in den Hintern schieben können.«

»W-was hast du denn gemacht?«, fragte Dina mit totenbleichem Gesicht.

»Ich habe Dörte auf ihn angesetzt«, erwiderte Nelly kleinlaut. »Sie sollte ihn knacken …« Sie stockte und schaute Dina, die nun langsam auf sie zukam, ängstlich entgegen. »Aber jetzt weiß ich, dass das total daneben war. Wenn Marvin darauf angesprungen wäre …« Sie schlug die Hände vors Gesicht und fing an zu schluchzen. »Ich darf gar nicht darüber nachdenken.«

Dina und Sarah sahen sich an.

»Erst jetzt, wo Lorenzo eine andere liebt, weiß ich, wie schrecklich es ist, wenn …« Wieder konnte Nelly nicht weitersprechen. Sie stürzte sich auf Dinas Bett und heulte zum Gotterbarmen.

Arme Nelly, dachte Sarah, sie hat es in den letzten Wochen wirklich nicht leicht gehabt.

Natürlich hatte sie versucht, sich davor zu drücken, Nelly von ihrem Gespräch mit Lorenzo zu berichten. Aber die Freundin hatte sie so lange gelöchert, bis Sarah ihr stockend erzählt hatte, dass Lorenzo sich in eine andere verguckt hatte.

Zuerst war Nelly furchtbar wütend gewesen, inzwischen war sie einfach nur noch fertig. Wegen Lorenzo und ihrem Vater, vor allem aber, weil sie sich ausgerechnet gegenüber ihren Sardinenfreundinnen so mies verhalten hatte.

»Ich hab mich immer so schrecklich wichtig genommen«, schniefte Nelly in Dinas Kopfkissen. »Aber ich wollte eben auch mal was gelten.«

Auch mal was gelten? – Himmel nochmal, was ging bloß in ihrem Kopf vor. Sarah konnte es nicht fassen. Letztendlich schien alles mit Nellys Vater und damit, dass er sie so wenig beachtete, zusammenzuhängen. Irgendwie musste er doch zu kriegen sein. Und vielleicht hatte Sarah da auch schon eine Idee. Sie musste Nelly helfen. Das war sie ihr schuldig, besonders jetzt, nachdem sie ihr Lorenzo weggenommen hatte, auch wenn sie überhaupt nichts dafür konnte.

Das Wichtigste im Moment war allerdings, dass Dina Nelly die Sache mit Marvin verzeihen konnte. Gespannt bis in den letzten Muskel starrte Sarah ihre Freundin mit den dunklen Wuschelhaaren an. Dina stand da wie am Teppich festgeklebt und schien einen heftigen inneren Kampf mit sich auszutragen.

Schließlich huschte ein winziges Lächeln über ihr Gesicht. Sie ließ sich neben Nelly aufs Bett fallen und trommelte ihr auf dem Rücken herum.

»Du dumme Kuh!«, rief sie. »Das war verdammt nochmal voll das Risiko. Aber du hast total recht gehabt. Marvin is 'ne absolut treue Seele. Und er mag mich mehr als alles andere auf der Welt.«

»Dann bist du mir also nicht böse?«, presste Nelly ins Kopfkissen.

»Doch«, sagte Dina. »Aber wennde mir versprichst, dassde das nie wieder tust und wir ab jetz und in alle Ewigkeit nur noch die *Sardinen* sind und zusammenhalten wie Pech und Schwefel, dann will ich dir das alles nochmal verzeihen.«

Sarah war selig. Wie gut, dass Nelly so einsichtig und Dina nicht so stur gewesen war. Sonst hätten sie das mit dem Zimmerrücktausch doch noch vergessen können. Sogar Rabea zeigte sich hoch zufrieden und hatte ihnen erlaubt, den Zimmerrücktausch noch vor der verabredeten Zeit vorzunehmen.

»Sei mir nicht böse, aber ich bin auch froh, wenn ich endlich mit Amy Too zusammenwohnen kann«, wisperte Sonia Sarah in einem unbeobachteten Augenblick auf dem Gang zur Eingangshalle zu. »Die checkt garantiert nichts von Tanias und meinem Geheimnis. Und wir können miteinander reden. Dinas finstere Blicke sind ja nun wirklich nicht zu ertragen.«

»Warum redest du nicht mal mit Gripsy?«, schlug Sarah vor. »Vielleicht weiß er eine Lösung für euch.«

»Und wenn nicht?« Sonia schüttelte den Kopf. »Nee, nee. Das ist mir zu riskant. Besonders wo nächstes Wochenende das erste Konzert mit den *Crazy Bones* ansteht.«

»Nächstes Wochenende schon!«, wunderte Sarah sich. »Wo denn?«

»In Rostock.«

»Nelly hat davon keinen Ton gesagt«, erwiderte Sarah.

»Sie weiß ja auch gar nichts davon«, meinte Sonia ein wenig kleinlaut. »Ich musste ihrem Vater versprechen, ihr nichts zu sagen.« Sie seufzte. »Was mir zum Glück ja nicht so wahnsinnig schwerfällt.«

»Zum Glück?« Sarah schüttelte den Kopf. »Findest du das etwa in Ordnung? Stell dir doch nur mal vor, es wäre dein Vater.«

Sonia senkte den Kopf und schwieg.

»Du hast ja recht«, murmelte sie schließlich. »Aber was soll ich denn machen?«

»Vielleicht bist du die Einzige, die irgendwie Einfluss auf ihn hat«, entgegnete Sarah voller Eifer. »Ich habe sowieso vorgehabt, dich deswegen anzuquatschen.«

»Du willst, dass ich mit ihm rede?« Sonia verschränkte die Arme über der Brust und schüttelte den Kopf. »Und was, wenn ich nicht will? Wirst du mich dann wieder erpressen?«

»Quatsch.« Sarah spürte, wie ihr das Blut in den Kopf schoss. Sie wusste ja selber, dass es nicht die feine Art gewesen war, wie sie Sonia und Tania zum Zimmerrücktausch bewegt hatte. Auch wenn am Ende doch noch alle damit zufrieden waren. Nein, sie wollte, dass Sonia diesen Dienst freiwillig tat.

»Ehrlich?« Sonia ließ die Arme wieder sinken. »Du wirst uns nicht verraten? Auch nicht, wenn ich nicht mit Nellys Vater rede?«

Sarah nickte.

»Versprochen. Und wenn doch …«, fuhr sie stockend fort, »dann muss er unbedingt wissen, wie sehr Nelly darunter leidet.«

»Ja, ja.« Sonia reagierte ein wenig ungeduldig. »Vielleicht mach ich's wirklich. Und jetzt muss ich unbedingt in die Stadt. Tania wartet auf mich.«

Die Mädchen nickten einander zu. Und während Sonia weiter in Richtung Ausgang lief, ging Sarah zu ihrem Zimmer zurück. Kurz bevor sie die Tür erreichte, hörte sie plötzlich laute Schritte. Jemand kam den Gang entlanggerannt!

Sarah wandte sich um und stand Dina gegenüber, die sie mit wutfunkelnden Augen anblitzte.

»Kannst du mir vielleicht mal sagen, was das jetzt sollte?«

»Was denn?«, fragte Sarah erstaunt.

»Ja, hältste mich jetz etwa für voll blöd, oder was?«, fauchte Dina. »Oder glaubste etwa, ich hab nicht gesehen, wiede dich stundenlang mit dieser Supertussi unterhalten hast?«

Einen Moment lang war Sarah hin und her gerissen. Wie einfach wäre es gewesen, zu behaupten, dass Sonia sie angequatscht hätte und ihr tierisch auf die Nerven gegangen wäre. Doch Sarah entschied sich gegen diese Lüge. Die ganze Wahrheit wollte sie allerdings auch nicht sagen. Es gab ja noch einen Weg dazwischen.

»Ich habe sie gebeten, mit Nellys Vater zu sprechen.«

Dina zog die Stirn kraus. »Wegen Nelly.«

Nee, wegen des Weihnachtsmanns, hätte Sarah beinahe gesagt.

»Natürlich.«

»Ausgerechnet die?« Dina schüttelte den Kopf. »Eigentlich ist das doch unsere Aufgabe. Wir sind Nellys Freundinnen.«

Da hatte sie absolut recht, das musste Sarah zugeben.

»Okay«, erwiderte sie. »Gehen wir zu Frau Kasewinkel und lassen uns seine Telefonnummer geben.«

Die Sekretärin machte es ihnen nicht leicht.

»Wozu braucht ihr die Nummer?«, wollte sie wissen.

»Wir müssen ihn was fragen«, sagte Dina. »Was Dringendes.«

»Das würde wahrscheinlich jedes Mädchen behaupten, das ihn um ein Autogramm bitten will – oder einfach nur mal so mit ihm reden möchte. Versteht ihr denn nicht? Stars haben auch ihre Privatsphäre«, klärte Frau Kasewinkel sie auf, während sie in einem Handspiegel ihr Make-up überprüfte.

»Schon klar«, erwiderte Sarah. »Wir wollen auch gar nichts von ihm. Es geht nämlich um Nelly. Seine Tochter.«

»Was ist denn mit ihr?«, erkundigte sich die Sekretärin.

»Das is nun wieder voll unsere Privatsache. Echt«, brummte Dina.

»Nun gut, also gut«, meinte Frau Kasewinkel. Sie blätterte in ihren Unterlagen, notierte eine Nummer auf einem Zettel und reichte ihn den Mädchen widerwillig herüber. »Ich verstehe zwar nicht, warum ihr nicht einfach Nelly fragt …«

»Es soll eine Überraschung sein«, sagte Sarah schnell.

Frau Kasewinkel seufzte leise. »Hier ist die Handynummer von Zibo … äh, Herrn Fereck. Aber dass mir hinterher keine Beschwerden kommen!«

»Keine Angst.« Dina schnappte sich den Zettel und die Mädchen rasten zum Telefon.

»Hoffentlich geht er selber dran, und nicht irgend so eine dusselige Mailbox«, meinte Sarah, nachdem sie die Nummer eingetippt hatten.

Gleich nach dem zweiten Signalton meldete sich eine Männerstimme.

»Ja?«

»Äh … Zibo?«, fragte Sarah. »Sind Sie das?«

»Ja. Sonia?«

»Nein, hier ist Sarah.«

»Sarah?«

»Ja, Nellys Freundin. Dina ist auch hier. Wir … äh … wir wollten Sie fragen … äh, mit Ihnen darüber sprechen … Nelly geht es nicht so gut.«

Zibo schwieg. »Das weiß ich schon«, sagte er schließlich. »Sonia hat mich vor ein paar Minuten bereits deswegen angerufen. Sie will auf die beiden Auftritte verzichten. Aber das geht natürlich nicht.«

Sarah riss die Augen auf. Doch bevor sie etwas erwidern konnte, riss ihr Dina bereits den Hörer aus der Hand.

»Sie müssen sofort herkommen!«, brüllte sie in die

Muschel. »Und ihr sagen, dasse sie echt lieben und sich in Zukunft viel mehr um sie kümmern wollen. Und das dann auch halten. Sonst geht Nelly hier nämlich ein wie eine Primel. Echt.«

»Glaubst du, er kommt?«

Das war die Frage, die Sarah und Dina die folgenden beiden Tage beschäftigte. Dina begleitete Sarah sogar in Sonias Zimmer, um aus ihr irgendwas herauszubekommen. Aber Sonia wusste auch nichts zu berichten.

»Er hat überhaupt nichts dazu gesagt. Nur zugehört und mich hinterher bequatscht, dass ich das Konzert auf keinen Fall sausen lassen soll.«

»Das finde ich übrigens ganz toll von dir«, sagte Sarah.

»Wenn sie es überhaupt ernst gemeint hat«, brummte Dina hinterher und bombardierte Sarah mit finsteren Blicken.

Inzwischen war der Freitag angebrochen. Die Klasse grübelte gerade über einer komplizierten mathematischen Gleichung, auf die Sarah sich partout nicht konzentrieren konnte. Zum Glück war die Stunde bald zu Ende und die große Pause lockte.

Nachdenklich schaute Sarah zu Nelly hinüber. Sie war heute blass und ziemlich wortkarg, was garantiert mit Lorenzo und dem Turnier zusammenhing, das am Sonntag stattfinden sollte. Sie wusste, dass Nelly damit kämpfte hinzufahren. Sie hatte Dina und Sarah sogar schon angefleht mitzukommen. Aber zu Sarahs großer Erleichterung hatte Dina das rigoros abgelehnt.

»Du wirst dem nich nachlaufen, kapiert!«, trichterte sie Nelly ein. »Der liebt dich nich mehr, und wennde dir gleich die nächste Enttäuschung einhandeln willst, dann brauchste bloß zu diesem dämlichen Turnier zu fahren.«

Überraschenderweise hatte Nelly das eingesehen. Sie hatte ein bisschen geheult und Sarah hatte aus lauter Wehmut und Verzweiflung gleich einen ganzen Bach Tränen mit vergossen, aber dann war das Thema erledigt gewesen. Zumindest nach außen. Wie es in Nelly drin aussah, konnte sich Sarah allerdings ziemlich gut vorstellen. Schließlich ging es ihr auch nicht anders. Aber sie biss die Zähne zusammen, denn sie war mittlerweile mehr als felsenfest entschlossen, über die Lorenzo-Geschichte hinwegzukommen.

Noch einmal blickte sie zu Nelly hinüber, die urplötzlich ihren Kopf in Richtung Fenster reckte.

»Was ist das denn?«, platzte sie heraus. Sie wandte sich ab und fixierte Sonia. »Das gibt's doch gar nicht.«

»Was denn?«, rief Nils. »Was ist denn los?«

»D-da sitzt Sonia«, stammelte Nelly. Dann deutete sie zum Fenster. »U-und da draußen geht sie nochmal.«

»Du spinnst doch!«, sagte Jane, sprang auf und rannte zum Fenster.

Innerhalb weniger Sekunden stand die ganze Klasse dort und starrte mit offenen Mündern auf den Schulhof hinunter. Selbst Frau Mailander fand erst mal keine Worte. Nur Sonia keifte sofort los:

»Verdammte Hacke! Was fällt der denn ein? Ich

werde ihr …« Sie stockte. »O Gott, da ist ja auch noch meine Tante!«

»Und das Mädchen ist deine Zwillingsschwester?«, stellte die Mathelehrerin fragend fest.

»Mann, das ist ja cool!«, schrie Frederik vor Begeisterung. »Gleich zwei von dem Kaliber!«

»Du hast das gewusst?«, wisperte Dina ungläubig.

»Nicht so laut!«, raunte Sarah. »Wenn Nelly das hört, dreht sie mir den Hals rum.«

»Das tu ich auch«, sagte Dina drohend.

Die beiden Mädchen hockten nebeneinander auf Sarahs Bett. Es war bereits nach Mitternacht. Die Geschichte mit den beiden Sonias hatte sie einfach nicht einschlafen lassen. Nur Nelly war eine halbe Stunde zuvor ins Traumland hinübergeglitten.

»Wie konntest du nur!«, zischte Dina.

»Du hättest sie also verraten, ja?«, erwiderte Sarah.

»Keine Ahnung. Auf jeden Fall hätte ich es dir erzählt. Und Nelly wahrscheinlich auch.«

»Und die hätte Tania und Sonia auf jeden Fall verpetzt«, sagte Sarah. »So wie sie Sonia hasst.«

Dina nickte und starrte stumm in die Dunkelheit.

»Trotzdem wünsche ich den beiden irgendwie, dass sie hier in der *Sardinenburg* bleiben können.«

»Ach ja?«, feixte Sarah. »Auf einmal?«

»Na ja, diese Tania is ja vielleicht gar nich so übel.«

Sarah staunte nicht schlecht. Und sie versprach Dina hoch und heilig, nie wieder ein solches Geheimnis vor ihr zu haben. Ganz kurz dachte sie an Lorenzo, aber das war doch eher eine Geschichte, die längst vorbei war. Und alte Kamellen sollte man besser nicht noch einmal lutschen.

Was mit Tania und Sonia passieren sollte, erfuhren Sarah, Dina und Nelly am nächsten Tag nach dem Mittagessen, als sie in Richtung Bibliothek liefen, um sich ein paar Schmöker für das Wochenende auszuleihen.

Dina hörte das Stöckelschuhgeklapper in der Eingangshalle als Erste.

»Frau Kasewinkel«, sagte sie. »Mensch, wenn die an einem Samstag in die *Sardinenburg* kommt, dann ... musste etwas ganz Besonderes im Busch sein.«

Wie abgesprochen machten die Mädchen auf dem Absatz kehrt, marschierten zur Eingangshalle zurück und erstarrten. – Denn außer Frau Kasewinkel standen sie nun Sonia, Tania und Nellys Vater gegenüber.

Schlagartig wurde Nelly so bleich wie eine frisch getünchte Wand. Sie stolperte ein paar Schritte zurück und wollte sich bereits umdrehen und wegrennen, da sagte Zibo: »Nelly, ich glaube, du verstehst da was falsch. Ich bin einzig und allein wegen dir hierhergekommen.«

Nelly öffnete den Mund. Es kam aber nichts heraus. Ihr Vater ging auf sie zu und berührte sie sachte an der Schulter.

»Können wir hier irgendwo ungestört reden?«

Ein paar Sekunden lang starrte sie ihn an, dann nickte sie stumm und lief wie in Trance auf den Gang zum Südflügel zu.

Sarah, Dina und die Zwillinge starrten ihnen wortlos hinterher.

»Oje! Oje!«, rief Frau Kasewinkel. »Ich hoffe, ich habe alles richtig gemacht.« Sie schaute Sonia und Tania kopfschüttelnd an. »So schnell bringt mich ja nichts aus der Fassung. Aber das … Und dann auch noch der Anruf von … äh … Herrn Fereck, er hätte Frau Buchstedt nicht erreicht und müsse ganz dringend mit seiner Tochter sprechen … Ach, herrje!«

»Sie haben ganz bestimmt alles richtig gemacht«, murmelte Sarah. Zumindest hoffte sie das.

»Also gut«, sagte die Sekretärin. »Ich werde jetzt Frau Buchstedt verständigen und dann gehe ich in mein Wochenende.«

Sie rückte ihre Wespenbrille zurecht und stöckelte auf die Wohnung der Internatsleiter zu.

»Und was ist jetzt mit euch?«, fragte Sarah an die Zwillinge gewandt.

»Alles paletti«, meinte Tania abwinkend. »Wenn wir geahnt hätten, dass das alles überhaupt kein Problem ist …«

»Na ja, also«, widersprach Sonia ihrer Schwester, »ein bisschen hat Nellys Vater schon noch nachgeholfen.«

Verständnislos schauten Sarah und Dina zwischen den beiden hin und her.

»Könnt ihr nich mal von vorne anfangen?«, brummte Dina schließlich.

Tania lächelte. Im Gegensatz zu ihrer Schwester trug sie die Haare nur zu zwei lockeren Zöpfen gebunden.

»Angefangen hat es damit, dass meine Tante sich über Sonias Launen gewundert hat und darüber, dass sie Mathe mal gut und dann mal wieder schlecht verstanden hat. Sie ist zur Schule gerannt und hat mit ihrer Klassenlehrerin gesprochen, die das alles bestätigte. Danach hat meine Tante mich ganz direkt gefragt, wer ich eigentlich bin.« Sie warf ihrer Schwester einen schuldbewussten Blick zu. »Ich konnte sie einfach nicht anlügen.«

»Ist ja auch egal«, meinte Sonia und legte ihr einen Arm um die Schulter. »Kurz und gut: meine Tante ist sofort mit uns zum Gripsholm. Der hat sich unsere Noten angeguckt, sich von Nellys Vater mein unglaubliches …«, sie zwinkerte Sarah und Dina neckisch zu, »… musikalisches Talent bestätigen lassen, und da meinte er, es sei überhaupt kein Problem, dass wir beide so eine Art bezahlte Förderung bekommen.«

Sarah staunte nicht schlecht. »Das heißt …«

»… dass wir ab sofort beide mit Amy Too zusammenwohnen«, jubelte Tania.

»Na toll«, sagte Dina. »Also, ich meine, nich dass ich euch das nich gönne oder so. Echt. Aber Nelly wird voll im Zickzack springen.«

Sonia zuckte die Achseln. »Sie wird sich eben daran gewöhnen müssen.«

Dina wollte etwas erwidern, doch da wurde die schwere Eingangstür aufgedrückt und die *Drillies* spazierten nacheinander herein.

»Hey!«, tönte Chantal. »Echte Zwillinge! Es stimmt also doch, was seit gestern herumerzählt wird.«

»Klar«, meinte Sonia. »Wieso nicht?«

»Ts.« Theresa machte eine abfällige Handbewegung. »Zwillinge ... Was ist daran schon so besonders? Wir sind immerhin zu dritt.«

»Apropos ...«, sagte Dina, der das dämliche Gehabe der *Drillies* offenbar ziemlich auf den Wecker ging, »was ist denn nun mit dem hässlichsten Jungen, den ihr zu dritt küssen wollt?«

Tania und Sonia machten erstaunte Gesichter.

»Was geht dich das an?«, schnappte Dörte. »Es war ja wohl nicht deine Wette.«

»Nee, aber immerhin sind Nelly, Sarah und ich auch zu dritt, sardinenmäßig, falls dir das nich zu hoch is«, erwiderte Dina. »Und deshalb geht es uns wohl was an.«

»Dann interessiert es dich garantiert, dass wir die Wette gar nicht verloren haben«, meinte Chantal und blickte Dina gehässig an. »Wir sind nämlich mit Manuel zusammen.«

Sarah machte große Augen. »Ihr?«, stammelte sie. »Zu dritt?«

Theresa warf den Kopf zurück. »Klar, was echte *Drillies* sind! Die können jeden haben. Auch zu dritt.«

Dina tippte sich fast die Stirn beulig. »Ihr habt ja voll den Schuss weg. Echt.«

»Und wenn schon«, trompetete Dörte. »Es hat nie geheißen, dass jede von uns einen anderen haben muss. Deshalb hat Nelly ihre Wette verloren und sie muss den hässlichsten Typen küssen. Wir sind allerdings großzügig und lassen ihr Zeit bis nach den Weihnachtsferien.«

»Das werden wir ja sehen. Eigentlich hatte ich Manuel nur für Theresa ausgesucht«, brummte Nelly, als sie, Sarah und Dina eine Stunde später zusammen in ihrem Zimmer auf dem Boden hockten. »Von mir aus warten wir auch bis zu den Zeugnissen. Aber dann sind diese Copyshopytanten fällig, das schwöre ich euch.«

»Copyshopytanten, echt.« Dina grinste. »Aber schwören brauchste nich. Ich würde diese ganze bescheuerte Wette einfach vergessen.«

Sarah nickte. »War doch eh bloß eine dusselige Schnapsidee.«

Nelly seufzte. »Ja, wahrscheinlich habt ihr recht. Außerdem ...« Mit einem Mal huschte ein Strahlen über ihr Gesicht. »Jetzt, wo mit meinem Vater alles paletti ist, ist mir alles andere sowieso egal.« Sie fasste sich an die Brust. »Außer Lorenzo natürlich.«

Sarah zuckte unwillkürlich zusammen und Dina schärfte Nelly ein: »Du fährst trotzdem nicht zu seinem Turnier.«

»Nein, nein, ich gehe auf das *Crazy Bones*-Konzert«, sagte Nelly. »Und den Sonntag verbringe ich alleine mit meinem Vater. Das machen wir jetzt, so oft es geht.«

»Dann hat er also eingesehen, dass er dich vernachlässigt hat?«, erkundigte Sarah sich.

Nelly nickte. »Ja, und er hatte eine ganz komische Erklärung dafür.«

Dina und Sarah blickten sie erwartungsvoll an.

»Er wollte nicht, dass ich mir zu sehr was auf ihn einbilde, ihn in den Vordergrund hebe und mich selbst dabei vergesse.«

Sarah runzelte die Stirn. Doch dann nickte sie. »Irgendwie hat er da recht. Allerdings ist ja genau das Gegenteil passiert. Je weniger er sich um dich gekümmert hat, desto mehr hast du ihn angehimmelt.«

»Das hat er jetzt auch kapiert«, sagte Nelly. Juchzend schlang sie ihre Arme um ihre Freundinnen. »Mensch, ihr glaubt ja gar nicht, wie happy ich bin. Morgen gehe ich auf dieses Konzert und werde mir Sonia anhören. Und ab nächste Woche konzentriere ich mich total auf das, was ich am besten kann.«

»Aha«, meinte Dina. »Und was is das?«

»Reiten natürlich!«, rief Nelly. »Mein Vater wird Frau Schirmeck um ein Spezialtraining bitten. Genau so, wie Lorenzo es bekommen hat.« Ihre hellen Augen bekamen einen verträumten Schimmer. »Und wer weiß, vielleicht ist es mit ihm und mir ja doch noch nicht ganz zu Ende.«

Sarah schluckte. Nelly mochte ihn wirklich sehr. Und wer weiß, vielleicht lag sie sogar ganz richtig. Wenn Lorenzo Sarah erst mal vergessen hatte, würde er womöglich erkennen, dass es doch Nelly war, die er wollte.

»Und jetzt, Mädels, jetzt wird gefeiert!«, rief Nelly.

Sie sprang auf, fischte ein Windlicht aus ihrem Regal und postierte es vor ihren Freundinnen. Anschließend zog sie drei Dosen Sardinen aus ihrer Umhängetasche, drückte Dina und Sarah jeweils eine in die Hand und hockte sich wieder zu ihnen auf den Boden.

»Wo haste die denn her?«, fragte Dina, während Nelly das Windlicht anzündete. »Das sind doch voll die echten Sardinenburgsardinen.«

Nelly nickte. »Die hab ich vorhin aus der Küche gemopst. Und keiner hat was gemerkt.«

»Duuu?«, rief Dina verblüfft. Sie lachte, dann zog sie ein ernstes Gesicht. »Dassmer das aber nich einreißt!«

»Keine Sorge«, sagte Nelly. »Das war nur dieses eine Mal. Weil ich so glücklich bin. Und weil wir jetzt einfach ein richtig sardiniges Freundinnenfest brauchen.«

Sarah öffnete ihre Dose und pulte sich das erste ölige Stück heraus. Wie gut, dass es die Sardinen gab! Sie freute sich schon megariesig auf die Zeit nach Weihnachten, wenn sie ihre Freundinnen wiedersehen würde.